존재함만으로 우리의 희망인

------------------------------- 님께

-------------------- 드림

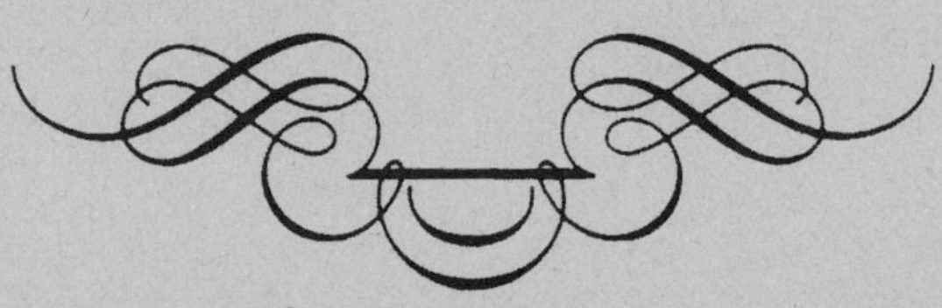

희망편지

희망편지

신동근 외 지음

문이당

그래도 사람들은 희망을 말한다

해가 떴습니다. 세모가 지났기에 해가 바뀌었다고도 말합니다. 기축년 새해가 밝았으니 우리가 살았던 무자년 한 해는 이제 영원히 사라진 것일까요. 그럴 수도 있고 아닐 수도 있습니다. 우리 삶에 늘 긍정과 부정이 교차하는 것은, 매사가 생각하기 나름이라는 소박한 진리 때문입니다.

시간의 수레바퀴를 돌려 봅니다. 오늘 나의 삶은 어제의 토대 위에 세워졌군요. 하여 언젠가 나도 동참하였던 모든 흘러간 역사는 현재 진행형입니다. 그래서 지나 버린 어느 날 내가 흘렸던 눈물의 시간, 혹은 아름다웠던 날들 가운데 단 한 순간도 나는 생략할 수 없습니다. 절망에서 헤맬 때조차도. 그때 내가 절망하지 않았다면 지금 여기에 있는 내 모습이 현재와는 완전히 달라졌을 것입니다.

고락에 겹도록 언제나 바람은 불었습니다. 오늘 부는 바람은 내일도 우리의 옷깃을 스치며 비를 부르고 천둥과 번개를 동반할 것입니다. 피할 수 없는 바람이라면 과감히 헤쳐 가야겠지요. 정면으로 맞닥뜨리거나 바람벽을 찾아서 우회하거나, 또는 등을 돌려 일보 후퇴할 수도 있습니다. 어떠한 경우든 스스로 선택해야 하고, 먼 훗날 어느 곳의 내 인생을 책임져야 합니다.

모든 삶의 기록은 미래를 염두에 둔 기억의 저장입니다. 잊을 수 없는 그 어떤 기억은 눈물을 머금고 있지요. 눈물겨운 기억 때문에 우리는 옹달샘 맑은 물처럼 순정하고 순수한 영혼의 정직성을 간직하는지도 모릅니다.

수많은 사람들이 편지를 띄웠습니다. 각계각층의 사람들이 자신의 사회적 위치를 잠시 내려놓고 가슴속 담아 놓은 이야기를 솔직하게 펼쳐 놓았습니다. 그리고 한결같이 희망을 이야기합니다. 그 이야기 하나하나가 각기 다른 희망의 변주곡입니다. 이 희망의 노래는 〈조선일보〉 연재를 통해 수많은 사람들의 가슴속에 또 다른 희망이 되었습니다.

《희망편지》 안에는 소아마비 1급 장애인도 있고, 신용 불량으로 더 이상 살아갈 방도를 잃은 채 자살을 생각했던 사람도 있습니다. 날 때부터 가난과 배고픔으로 험난한 세월을 겪었던 사람들도 있고, 한순간에 나락으로 떨어져 망연자실하던 분들도 있습니다. 기업의 CEO에서부터 기초 생활 수급자 할머니까지, 하는 일이나 사는 곳도 참으로 다양합니다.

그 다양한 소리가 한데 어우러져 '희망'이라는 아름다운 하모니를 만들어 냈습니다.

희망의 뿌리는 절망입니다. 편지를 쓴 많은 사람들이 그렇게 말합니다. 절망은 곧 세상에 살아 있다는 증거이니, 절망이라는 자양분을 흡수함으로 인해 희망이 싹튼다고 말입니다. 때문에 삶이 없다면 한 그루 희망의 나무로 성장할 절망의 기회조차 얻지 못할 것입니다.

편지 하나하나마다 그 얼마나 정답고 가슴 뭉클한지, 이야기마다 제 마음을 담뿍 적십니다. 누군가는 편지를 쓰고 또 누군가는 받아서 읽으니, 우리 삶의 눈시울 따스한 상호 교감의 기록을 한 권의 책으로 묶었습니다. 어디서 무엇을 하며 어떻게 살든지, 존재함만으로 우리의 희망인 그대에게 이 편지 모음집을 드립니다.

기축년 정월
신동근 · 시인

희망편지에 부쳐

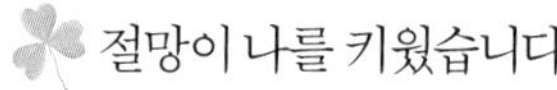

 ## 당신이 있기에 삶이 든든합니다

🍀 작은 희망이 나를 위로합니다

아프리카에 다녀와서

김용택_시인

··· 아프리카의 말리라는 나라에 다녀왔다. 가는 데만 꼬박 하루가 걸렸다. 말리는 세계 10대 빈국에 드는 나라다. 아프리카에서는 매년 신생아 400만 명 정도가 저체온증으로 사망한다고 한다. 그런데 놀랍게도 털로 만든 작은 모자 하나로 그중 65%를 살릴 수 있다고 한다. '세이브 더 칠드런Save the Children' 이란 구호 단체에서는 이 '신생아 살리기 모자 뜨기 캠페인'을 벌이고 있다. 나는 그 사업의 객원 추진 답사팀으로 말리에 간 것이다.

말리의 수도 다바코에서 6시간 정도 달려 3,000명 정도가 거주하는 두나라는 마을에 갔다. 마을에 도착하자 우리는 곧 1,500명 정도의 원주민 환영 인파 속에 파묻혔다. 잎이 떨어진 커다란 바오

밥 나무, 뜨거운 태양 아래 자욱한 먼지, 검은 피부의 격렬한 춤과 환호 소리, 그리고 북소리와 환영의 총소리가 울리는 마을은 흥분과 긴장의 도가니였다.

두발리라는 커다란 나무 아래 모인 군중들이 조용해지기를 기다린 후 거구의 족장이 높은 돌 위에 올라서서 우리에게 환영 인사를 했다.

"잠을 자야 할 이 시간에 당신들이 그 먼 곳에서 우리를 찾아와 나의 여인네들과 아기들을 위해 수고한다 하니, 우리도 최선을 다해 우리의 여인네들과 아기들을 위해 힘쓰겠노라."

연설을 하며 군중을 바라보는 족장의 표정은 부드럽고 온화했다. 우리가 찾아간 그곳 몇몇 마을의 족장들은 하나같이 어른으로서의 위엄과 권위를 갖추고 있었다. '죽는 소리'는 그 어디에도 찾아 볼 수 없었다.

지구 곳곳의 굶주리고 지친,
가난한 나라 아이들이 한 달을 살 수 있는 돈이
겨우 2만 원이라는 말을 들으며 나는 밥을 뜨던 수저를 놓은 적이 있다.
작은 털모자 한 개가
꺼져 가는 어린 생명의 숨소리를 지구로 되돌릴 수만 있다면,
그 아기의 숨소리야말로 우리 인류의 희망이 될 수 있으리라.

　그날 그곳에서 나는 돈과 권력으로부터 자유로운, 권위와 위엄이 풍기는 인간 본래의 아름다운 표정과 몸짓들을 보았다. 먹고 자고 입은 것들이 남루하고 살림살이들이 하나같이 누추하기 이를 데 없었으나, 뒤틀리고 비뚤어진 자존심은 조금도 보이지 않았다. 우리와 동행한 그 나라 관리들이 마을 족장들을 대하는 반듯한 몸가짐과 예의 또한 나에게 깊은 인상을 남겼다. 그곳엔 사람을 경계하는 의심의 눈초리가 없었다. 그곳에는 사람의 마음을 안심시키는 평화와 너그러움이 살아 숨 쉬고 있었던 것이다. 서로가 대등할 때만 사랑이 건강하다는 것을 나는 새삼 깨달았다. 날이면 날마다 온 국민들이 오직 돈만을 외치며 못살겠다고 아우성을 치는 살벌하고 황량한 우리의 예외 없는 일상이 나를 부끄럽게 했다.

　지구 곳곳의 굶주리고 지친, 가난한 나라 아이들이 한 달을 살 수 있는 돈이 겨우 2만 원이라는 말을 들으며 나는 밥을 뜨던 수저를 놓은 적이 있다. 또 한 해가 저물고 새해를 맞는 이즈음, 멀고 먼 저 지구의 어느 구석에서 막 태어난 아기들이 아무 대책 없이

죽어 간다면 그 또한 우리 인류의 책임이다. 작은 털모자 한 개가 꺼져 가는 어린 생명의 숨소리를 지구로 되돌릴 수만 있다면, 그 아기의 숨소리야말로 우리 인류의 희망이 될 수 있으리라.

지금 선 그 자리가 지치고 힘들다면 조금 낮은 곳을 응시하자.

희망은 그 낮은 곳에 이미 싹을 틔우고 있다.

지금도 잊히지 않는 슬픈 눈망울

김관조_(주)크루즈 라 피에스타 대표이사

··· 벌써 십수 년도 더 지난 일이다. 그날 나는 암스테르담행 KLM 866편에 앉아 무심히 창밖을 보고 있었다. 창밖은 어제 내린 눈으로 하얗게 변해 있었다. 사람들은 입김을 뿜으며 서둘러 비행기에 올랐고 하늘은 다시 눈을 뿌릴 양 조금씩 흐려 갔다.

그 아이들을 보게 된 건 탑승한 지 얼마 되지 않아서였다. 건너편 창가 쪽, 불안한 눈동자를 하고 창에다 코를 박으며 누군가를 열심히 찾는 듯한 여자아이. 아이는 마치 낮잠을 자다 일어났는데 옆에 엄마가 없을 때처럼 막 울음을 터뜨릴 듯한 표정이었다. 옆에는 보호자인 듯한, 그러나 엄마 같지는 않은 아가씨가 여자애보다 어려 보이는 남자애를 안고 있었다. 내 아들만 한 나이였을까, 두 아이 모두 4, 5살 정도 되어 보였다.

그때였다. 승객들을 다 태운 비행기가 로딩 브릿지Loading bridge를 떼어 내고 활주로로 서서히 나아갈 무렵 여자아이가 울음을 터뜨린 것은. 짧은 인생, 아직 슬픔을 채 배우지 못했을, 울음보다는 귀여운 재롱이 더 어울릴 것 같은 나이. 그 나이에 무엇이 그토록 여자아이를 서럽게 울도록 만들었을까.

이륙 후 안전벨트 사인이 꺼지고 나서 여행객들의 여권을 나눠 주랴, 기내 물품 사용법을 가르쳐 주랴, 분주히 움직이느라 그 아이들은 이내 내 관심에서 멀어졌다. 부산한 시간이 지나고 지루함에 지친 승객들이 하나둘 잠에 빠져들 즈음 문득 들려오는 아이의 흐느낌에 나는 다시 고개를 돌렸다. 처음보다는 많이 잦아들었지만 아이는 여전히 울고 있었다. 나는 맨 뒤쪽 승무원 대기실에서 주스 한 잔을 받아 들고 아이의 자리로 갔다. 그 아이는 몇 번이나 말을 걸어도 쳐다보지도 않고 남자아이의 손만 만지작거리며 눈물 범벅이었다.

나는 보호자로 보이는 아가씨에게 사연을 물었다. 그녀가 들려 준 이야기는 나를 슬픔에 잠기게 만들었다. 두 아이는 채소 장사를 하던 부모가 교통사고로 죽어 졸지에 고아가 되어 버린 남매였다. 그 남매는 4개월 동안 고아원에서 지내던 중 다행히 입양 희망자가 나타나 아동 복지회를 통해 덴마크로 입양을 가는 길이었다. 원래 삼 남매였는데 큰오빠는 나이가 8살이 되었다는 이유로 입양자가 원치 않았고, 여자아이는 함께 가지 못한 제 오빠를 못 잊어 서럽게 울었던 것이다. 문득 출국장 앞에서 두 주먹으로 눈물을 훔치던 남자아이와, 오빠와 떨어지지 않으려고 버둥거리던 여자아이 생각이 났다. 아, 그 아이들이었구나. 입국장에 들어서기 전 문득 뒤돌아봤을 때 기둥 옆에서 눈물을 훔치던 큰 아이…….

부모가 살아 계셨다면 한창 재롱 피울 그 나이, 할머니 할아버지에게 무한한 기쁨이 되어 줄 그 나이에 아이들은 이제 우리와는 상관없는 땅, 푸른 눈의 양부모를 만나러 비행기를 탄 것이다. 오빠와는 상관없는, 오빠가 살고 있는 이 땅과는 이제 아무런 관계없는 그 먼 땅 덴마크로 제2의 수잔 브링크가 되기 위해 떠나는 길이었다. 그 어린 나이에도 이별의 슬픔을 알았던 것일까. 창가에 머리를 기대고 흐느끼던 눈이 예쁜 그 여자아이.

이제 다시는 오빠의 모습을 볼 수 없을 것이었다. 엄마, 아빠가 오실 때까지 업고서 재워 주던, 세발자전거를 뒤에서 밀며 놀아 주던, 또는 가끔 심술궂게 동생들을 울려 아빠의 꾸중을 듣곤 하던, 하지만 더 많은 시간 따뜻하게 어린 동생들을 감싸 주던 오빠의 모습을 이제 다시는 볼 수 없을 것이었다. 아이는 그게 슬펐던 것일까.

몇 년 전에 본 TV 다큐멘터리가 생각났다. 보면서 참 많이도 울

었던 〈수잔 브링크의 아리랑〉. 생활이 어려워 딸을 먼 나라로 입양
시켜야만 했던, 그래서 지붕 위로 날아가는 비행기 소리만 들어도
죄책감 때문에 눈물로 세월을 보내야 했던 생모가 지고 산 통한의
세월, 입양되어 간 후 받은 양부모의 학대와 성장한 뒤 겪어야 했
던 수잔 브링크의 고단했던 삶, 참으로 많은 사람들을 울렸던 프로
그램이었다.

한국어라고는 한마디도 할 줄 몰랐던 그녀. 할 수 있는 일이라고
는 그저 부둥켜안고 울어 버리는 것밖에 할 수 없었던 생모와의 만
남. 얼마나 많은 얘기를 하고 싶었을까. 엄마가 밉다고, 엄마가 보
고 싶었다고 그녀는 얼마나 얘기하고 싶었을까. 엄마는 또 얼마나
미안하다는 얘기를 하고 싶었을까. 자식 버린 제 인생도 그리 고달
팠는데 부모 없이 살아간 네 인생은 어떠했을까. 제 배 아파 낳은
자식 그리도 매정하게 버려 버린 못된 어미가 무슨 낯짝으로 좋은
옷 걸치고, 좋은 음식 먹으며 맘 편하게 살 수 있었겠냐고.

배가 고파 쓰레기통에서 참외 껍질을 주워 먹던 수잔을 흠씬 두
들겨 패주었던 게 한으로 맺혀 동생이 입양된 후 지금까지 참외를
먹지 못한다던 오빠의 이야기. 물기 어린 눈으로 참외를 깎아 "이제
는 먹어도 돼"라며 내미는 수잔 브링크의 두 손을 잡고 결국 30년
을 참았던 오열을 쏟아 내던 오빠의 모습에 또 얼마나 많은 눈물을
흘렸던가.

나와 함께 네덜란드행 비행기에 올랐던 희영이라는 그 여자아이의 오빠는 전날 아침부터 밥을 먹지 않으며 울었단다. 그리고 희영이는 오빠의 얼굴을 손으로 쓰다듬으며 "오빠야 울지 마라, 밥 먹자"며 달래다 같이 울었다고 한다. 그 모습이 애처로워 고아원 직원들도 모두 울었다는, 자기의 인생을 얘기하듯 찬찬히 풀어 나가는 그 아가씨의 모습에 난 눈시울을 적셨다. 옆에서 얘기를 듣던 승무원의 눈시울도 붉어졌다. 기내 상영 영화도 끝나고 비행기 엔진 소리만 낮게 가슴을 파고 들어왔다. 나는 맨 뒷좌석으로 가 승무원에게 커피를 한 잔 부탁하고 담배를 꺼내 물었다.

희영이는 5살 나이에 감당하기 힘든 삶의 무게를 지고서 그렇게 새로운 세상으로 떠났다. 4살배기 동생 인철이의 손을 꼭 잡고서.

덴마크의 겨울은 우리나라보다 훨씬 추울 것이었다. 그리고 그들의 삶 또한 날씨만큼이나 추울지도 모른다. 서럽게 우는 누나와 달리 좋은 옷을 입은 인철이는 그저 즐거운 듯 보였다. 우는 누나를 쳐다보다 승무원이 가져다준 장난감에 정신이 팔려 혼자서 놀더니 어느새 곤히 잠이 들었다. 누나의 손만은 놓지 않은 채.

네덜란드는 마치 눈이라도 내릴 듯 회색 하늘이 낮게 드리워져 있었다.

유리벽을 사이에 둔 그 한마디, 사랑해

김계용_대한항공 통합커뮤니케이션 차장

 2004년 인천공항 출국장 내 통과 여객 카운터에서 근무하던 어느 날이었습니다.

한 여자 승객이 입국 거절을 당했으니 심양행 항공기로 출국시키라는 출입국 사무소의 호출을 받고 입국장으로 내려가 보았습니다.

거기에는 중국 교포로 보이는 50대의 여자 승객이 망연자실한 표정으로 서 있었습니다. 사연을 들어보니 심양에 사는 이 여자 승객은 오사카에 있는 딸을 만나고 심양으로 돌아가는 길에 한국에서 노무자로 일하는 남편을 만나려고 입국하려다 거절된 것입니다.

출입국 규정으로는 일본 비자가 있는 중국인은 한국 비자가 없어도 한국 입국이 가능합니다. 그러나 규정에 있다 하더라도 최종

판단은 출입국을 담당하는 공무원이 하게 됩니다. 한국의 입국 담당 공무원은 이 여성분이 한국에 불법 체류를 하지 않을까 못 미더웠던 것이지요. 그런 이유로 한국에서 허리를 다쳐 고생하는 남편에게 줄 약을 사서 몇 년 만에 남편을 만나려던 부인의 소망은 무산되고 말았습니다.

다급해진 아주머니는 눈물을 글썽이며 저에게까지 제발 입국시켜 달라고 애원하였지만 정부에서 입국 거절된 승객을 제가 어찌하겠습니까? 단지, 입국 거절된 사연에 대해 이해할 수 있도록 자세히 설명하고 심양행 항공 스케줄을 조정해 주는 것만이 제가 할 수 있는 유일한 일이었습니다.

그러면서도 아픈 남편을 잠시나마 보기 위해 어려운 발걸음을 했는데, 그냥 쓸쓸히 되돌아가게 된 승객의 사정을 생각하니 너무나 마음이 아팠습니다.

아주머니는 입국은 안 해도 좋으니 입국장 밖에서 기다리는 남편의 얼굴을 한 번만이라도 보게 해달라고 사정하였습니다. 그 순간 저는 부부 간의 상봉만은 어떻게든 도와드리고 싶은 마음에 한 가지 아이디어를 떠올렸습니다. 대한항공 라운지가 있는 4층 복도 왼쪽 벽이 유리로 되어 있는데 바깥이 보이게 설계되어 있다는 것이 생각난 것입니다. 비록 유리창을 사이에 둔 만남이지만 잘만 하면 아주머니의 소망을 들어줄 수도 있겠구나 싶었습니다.

저는 아주머니를 모시고 라운지가 있는 복도로 뛰어 올라가면서 다른 직원에게는 입국장에 있을 남편을 모시고 바깥쪽 4층 즉, 에어사이드가 보이는 식당으로 모시고 올라오도록 하였습니다.

결국 두 부부는 유리벽을 사이에 두고 마주 보게 되었습니다. 얼굴은 보이지만 서로 대화를 할 수 없어 휴대폰으로 통화를 할 수 있도록 하였습니다. 마치 교도소에서 수화기로 대화하는 모습 같았습니다.

50대의 이 부부는 보자마자 남편 부인 할 것 없이 눈물을 흘렸습니다. 그들이 나눈 첫마디는 "사랑해"였습니다.

지금 생각해 보면 몸에 닭살이 돋고, 50대 부부가 무슨 사랑이냐? 라는 생각도 들지만 당시에는 그 어느 드라마나 영화보다도 슬프고 감격적인 장면이었습니다. 옆에서 지켜보던 직원과 제 눈에도 눈물이 맺혔습니다.

비록 입맞춤도, 포옹도 하지 못한 채 20여 분간 짧은 대화만을 나누고 비행기 시간에 쫓겨 헤어지게 되었지만 그 부부는 그래도 얼굴을 봐서 위로가 되었다며 진심에서 우러나오는 감사의 뜻을 전해 주셨습니다.

불혹의 나이에 접어든 지금도 가끔, 그때 그렇게 두 분을 만날 수 있게 도와드린 것이 참 잘했다는 생각이 들고는 합니다. 그리고 한편으론 코끝이 찡하기도 합니다. 나이가 들수록 부부란 참 귀하고 소중한 인연이라는 것을 실감하기 때문입니다.

　이제 그 부부는 60세가 넘었겠지요. 아직도 사랑한다는 고백을
하면서 행복하게 살고 계신지 궁금합니다.

어머니가 남긴 꼬깃꼬깃 3만 원

신동근_시인

1976년 5월 초순이었다. 고등학교에 입학한 나는 그날 아침에 통학 열차를 타지 않았다. 당일 오후 기차는 학교가 있는 점촌을 지나 몇 시간 더 달려 동대구역에 나를 내려놓았다. 무단가출이었다.

수중에 지녔던 일천 몇백 원인가의 돈은 사흘 만에 바닥났다. 손목시계를 팔려고 노점상과 흥정을 벌일 때 친절한 시민이 나에게 관심을 보였다. 그는 마침 자신의 사무실에 사환이 필요하다며 그리로 나를 데려갔다. 그러나 한발 늦어서 사환을 이미 구했다고 그곳 책임자가 말했다. 그는 상당히 미안해하며 파출소에 가보라고 하였다. 파출소에 가면 일자리를 소개해 준다는 것이었다. 갔더니 순경은 손사래를 치며 취직하려면 공장에 가야지 파출소는 왜 왔냐고 호통쳤다. 파출소를 나서기 직전에 또 다른 중년의 한 시민을 만났다. 그의 소개로 나는 칠곡에 있는 양계장에 취직했다. 한 달 보름 정도 일한 것으로 기억한다. 양계장을 나온 뒤로 10대에는 주로 공장 생활을, 20대엔 초상화 제작, 30대와 40대 중반까지는 단순 노동에 종사했다. 목공, 미장, 조적, 도배, 페인트, 삽질, 벌초, 외판, 광부, 리어카 행상 등등 수십 가지 일을 전전하며 30년이 흘렀다.

16세에 사회생활을 시작한 나는 18세 때부터 일기를 썼다. 내 일기장은 그날의 일상은 물론이거니와, 그보다 더욱 빈번하게 첫 단추를 잘못 끼운 나 자신에 대한 자괴와 후회와 미련으로 가득 채워져 갔다. 대여섯 쪽, 열 쪽씩을 예사로 쓰니까 한 달이 채 못 되어 노트 한 권이 꽉 찼다.

일기장이 라면 박스로 두 박스쯤 되었을 때였다. 30대를 코앞에 두고도 여전히 극심한 가난에서 못 벗어난 나는 월세방이 쪽방이나 다름없다 보니 자꾸만 늘어나는 일기장 관리에 상당한 부담감을 느꼈다. 그래서 비움의 의미를 처음으로 심각하게 곱씹어 보았다. 그다지 오래 고민하지는 않았다. 버리기로 작정한 나는 10년간 써 온 일기장을 몽땅 불태워 버렸다. 엄밀히 말하면 전부 소각했다고는 할 수 없다. 내용을 추리고 간추려서 대학 노트 스무 권 분

량으로 부피를 대폭 줄인 것이다. 그 작업이 꼬박 6개월이나 걸렸다. 그 기간에 나는 수입이 없었다. 뿐만 아니라 신문사 문화 센터를 찾아가 시와 소설 창작을 수강하느라 군 복무 후 약 5년간 저축한 6백만 원도 거의 다 써버렸다. 남아 있는 나의 통장 잔고는 통틀어 20만 원가량이었다.

원래는 일기장 정리를 위해서 문장 공부를 시작한 것인데 강의를 듣다 보니 문학에 대한 욕망이 싹텄다. 때문에 틈틈이 시간 내어 시와 소설 강좌를 계속 수강했다. 합치면 4년 정도의 기간을 꼬박 채웠을 것이다. 38세 때 중앙 문예지에 투고한 나의 시가 당선되었다는 통보가 날아왔다. 매우 기쁘고 즐거웠다. 만기 채운 정기 적금을 수령할 때보다 훨씬 더 보람을 느꼈다. 그후 4년이 지난 2002년 겨울에 나는 첫 시집을 발간했다. 등단할 때 못지않게 그 성취감은 대단히 뜨거웠다. 견고한 나만의 성을 하나 세운 것처럼 가슴 뿌듯했다.

1984년 이후 나는 파주에 산다. 고향은 문경이다. 1988년 6월 하순에 어머니가 다녀가셨다. 낮밤을 가리지 않고 어머니와 나는 긴 이야기를 나누었다. 지금 생각하면 그것이 취재였다. 내가 청해서 부모님의 과거를 메모 형식으로 받아 적은 것이다. 요즘 나는 그것을 토대로 소설을 쓴다. 물론 전업으로 쓸 처지는 못 된다. 일류 기술자는 아니지만 용접 기능공으로 일하며 생계를 해결한다.

어머니가 다녀가신 그해에 문경행 시외버스 터미널은 서울 마장동에 있었다. 마장동 터미널까지 배웅하고 돌아온 나는 그날 밤에 조용히 눈물 흘리며 미숫가루를 타먹었다. 내가 먹고 싶다고 하자 어머니가 손수 인근 방앗간에 가서 한 통 구해 온 것이다.

미숫가루를 몇 숟가락 떠내려고 뚜껑을 열어 숟가락을 대었을 때였다. 내 손은 마치 전기에 감전된 듯 굳어 버렸다. 꼬깃꼬깃 접은 지폐 3만 원이 통 속에 들어 있었던 것이다. 그 돈은 내가 "차비하세요"라며 여비로 모친에게 건넸던 것이었다.

내가 조급하게 굴거나 베스트셀러를 내는 것에 그다지 연연하지 않는 것은, 물론 재능도 미비하지만 그보다는 내가 시인이며 소설가인 것을 이 세상에서 가장 기뻐해 줄 어머니가 떠났기 때문인지도 모른다. 그럼에도 불구하고 내가 시와 소설을 계속 쓰는 것은, 쓸 수밖에 없는 이유는, 내 지갑 속 만 원짜리 지폐 석 장과 더불어 어머니가 영원히 내 가슴에 살아 숨쉬기 때문일 것이다.

가진 거라곤 약간의 저축과 집 한 채가 전부이다. 2009년이면 49세가 되는 나는 아직 미혼이다. 60년생 동년배와 비교하면 나는 분명 사회생활에 실패한 낙오자다. 그러나 나는 그들과 나를 비교하지 않는다. 내 비교의 대상은 허기에 지쳐 홀쭉해진 배를 움켜쥐고 대구 시내를 배회하던 그때 그 소년이다.

"만약 생애에 제2판이 있다면 나는 나를 교정하고 싶다." 영국

시인 존 클레어가 한 말이다. 일부 나는 그의 말에 공감한다. 하지만 전부는 아니다. 무단가출은 다른 친구들도 더러 결행했다. 그들 대부분은 며칠 방황하다 학교로 돌아갔다. 그들이 부럽다. 다시 내가 16세로 돌아간다면 그 부분만은 교정하고 싶다.

그러나 생애에 제2판은 없다. 차라리 내가 가장 어렵고 힘들었던 시기를 기준으로 삼아 자력으로 일할 수 있는 현실의 하루가 밝았다는 것을 다행이라 여겼다. 일을 하고 싶어도 일할 수 없는 날도 많았다. 그때는 잠을 잤다. 독서하고 글도 썼다. 먼저 써놓은 것을 고치기도 했다. 돈이 없어 여행은 못 갔다. 외식도 자제했다. 그게 전부이다. 무단가출 이후의 내 일상은.

풋별의 인연

박상혜_한국수필문학진흥회 기획위원

··· 오랜만에 옛 동료가 보고 싶다고 한다. 얄팍한 세정 탓일까. 퇴임한 지 7년이 넘은 나를 찾아 주는 마음에 감동하여 모처럼 상큼한 기분이 되었다.

나는 한껏 치장을 하고 깃털처럼 사뿐히 약속 장소로 갔다. 하지만 그녀의 모습을 보는 순간, 내 기대가 어긋났음을 직감했다. 그녀는 생기라고는 전혀 없는, 금방 바스러질 것 같은 모습으로 나를 기다리고 있었다.

요새 학생이나 학부모 때문에 교직이 너무 버겁다는 것이다. 그렇다고 생업을 그만둘 수 없는 현실이 더 참담해서 선배인 나에게 자문을 구한다고 했다. 흥거운 추억담을 나누며 옛정을 도닥이려던 나는 당황했다. 그래서인지 이야기는 자꾸 겉돌았다. 우린 어설 픈 대화로 차만 마시고 헤어졌다. 무거운 걸음으로 돌아오는데 마음 한구석에서 풋별 하나가 살포시 고개를 내밀었다.

햇병아리 교사 시절, 나는 자그마한 시골 학교에 근무했었다. 그때 내가 담임을 맡은 반에 하은총이란 학생이 있었다. 그 애 부모는 사과 궤짝처럼 작은 시골 교회 목사였는데, 그 아이를 하나님의 선물이라 여겨 이름을 은총이라 지었다고 했다. 나 역시 성과 잘 어울리는 그 이름을 보는 순간, 좋은 인연으로 잘 키워야겠다고 설레기까지 했었다. 하지만 하느님의 은총인 그 애가 햇병아리 교사인 나를 울릴 줄이야. 그 애는 나에게 은총이 아닌 애물단지였다.

그 애는 요샛말로 약간의 부적응 현상이 있었던 것 같다. 수업 시간에 가만 앉아 있질 못하고 제멋대로 돌아다니거나, 엉뚱한 질문으로 학습 분위기를 흐리고, 생경한 짓거리로 급우들을 놀라게 했다. 나 또한 학급 전원이 바른 자세로 앉아 있어야만 수업을 하는 신경성 햇병아리 교사였다.

"남들은 다 가만히 앉았는데 왜 너만 부잡스럽고 말썽을 피우니? 부모님 모시고 와."

가난한 목사님 내외는 오랫동안 아끼고 간직했을 귀하디귀한 구루무크림 한 곽을 들고 와 허리를 펴지 못했다.

사실 은총이는 지극히 정상적인 아이였다. 의사소통이 정확하고

정직했다. 교우 관계도 원만하고 성적도 그만했다. 다른 과목 시간
에도 말은 좀 있으나 내가 느끼듯 심각하다는 말은 들리지 않았다.
오히려 과학이나 수학 시간엔 흥미도가 만점이라고 했다. 성정은
매우 착해 그의 선한 눈빛은 늘 천국 어느 녘을 응시하는 듯 낯설
었다.

생각해 보면 부적응은 내 쪽이 더 심각했다. 햇병아리 교사에다
조금이라도 튀는 행동이나 산만한 것을 무시하지 못하고 신경을
곤두세웠었다. 그러니 그 애의 부잡스러움은 나하고의 관계에서만
드러나는 문제였다.

그날도 상담을 한다고 상담실로 은총이를 데리고 왔으나, 결국
은 한참 히스테리만 부리며 분풀이 기합만 주었다. 때리고, 꿇어앉
히고, 바글바글 끓어오르던 내 몫의 대거리를 다 퍼붓고는 밖으로
나왔다. 좀 후련했던지 그만 그 녀석을 깜빡 잊었다. 얼마나 시간
이 흘렀을까.

"선생님, 이제 집에 가면 안 돼~유?"

황망해진 나는 미안했지만, 미운 오리 새끼라 눈길 한 번 안 주
고 보냈다. 그래도 감사한 것은 벌만은 직수굿하게 따라 준 것이
다. 은총이를 보내 놓고, 미안함과 난망함에 한참이나 녀석과의 관
계를 어떻게 개선할까 궁리해 보았다. 그러나 어떻게 해도 그 애의
산만함과 내 예민함을 화해시킬 방법을 찾지 못했다. 오히려 악연

이라는 생각만 더 도드라질 뿐이었다.

결국 한숨과 함께 교무실에 와 퇴근 준비를 했다. 토요일 오후라 빈 교무실이 썰렁했다. 핸드백을 들고 막 나서려 하는데, "따르릉 따르릉" 전화벨이 울렸다. 늘 듣던 전화벨 소린데 유난히 섬뜩했다.

"네, ○○중학교입니다."

"경찰인데요."

알 수 없는 전율이 내 온몸을 타고 흘러내렸다. 전화기를 든 내 손에 땀이 고였다.

"여기 앞산 밑 전봇대 있는 곳입니다. 그 학교 학생이 감전 사고 가 났으니 빨리 와서 확인하세요."

시골 아이들이라 전봇대와 나무를 타는 일이 종종 있었다. 또 전 봇대와 나무엔 새집이 있었으므로, 아이들에겐 좋은 놀이터였다.

난 불안에 등 떠밀려 헐레벌떡 달려갔다. 제발 큰일이 아니길, 아니, 우리 학교 학생이 아니길 바랐다. 그러나 불안한 예감은 적 중률이 높았다. 달려가 보니 전봇대 아래 우리 학교 교복을 입은 학생이 큰 대자로 뻗어 있었다. 그것도 불과 1시간 전에 나와 헤어 진 은총이었다. 새알을 뒤지러 전신주를 탔던 녀석은 새들도 피한 그 위험한 곳을 어떻게 건드렸는지 즉사하고 말았다. 호기심과 장 난이 심한 것은 알았지만 이럴 수가…….

애물단지 미운 오리 새끼는 그렇게 무참하게 갔다. 은총이가 나와 막 헤어지고 난 뒤 죽었다는 사실은 아무도 모른다. 죽음의 원인은 누구도 의심할 여지가 없었다. 그는 천하가 다 아는 장난꾸러기요 애물단지였으니까. 그의 부모도 신앙인들이라 하늘의 뜻이라며 아픔을 달랬다. 그렇게 그와 나의 짧은 인연은 깔끔하게 끝이 난 듯했다.

인연은 우연을 가장한 필연인 듯하다. 은총이와의 짧은 인연은 결코 짧은 게 아니었다. 아마 무덤까지 동행할 것만 같다. 그 이후로, 난 그 자그마한 주검을 한 번도 잊은 적이 없다. 아무리 철없는 중학교 1학년 녀석이라도 선생님의 히스테릭한 기합은 필경 스트레스가 되었을 테고, 그 스트레스를 풀고 싶은 본능 때문에 저도 모르게 새알을 찾아 전신주를 탔을 것이다. 이 비장秘藏의 일은 내 인생의 멍에가 되었다.

그 아이가 그렇게 되고 오랫동안 나는 괴로웠다. 천진한 그 애의 눈빛에 일던 강력한 호기심과 탐구심이, 나 같은 신경질적 햇병아리 교사가 아닌, 맞춤 교육의 전문 교사를 만났다면 지금쯤 멋진 과학자나 발명가가 되지 않았을까 하는 생각이 문득문득 뇌리를 스치고 지나갔다.

이후로 은총이는 내게 애물단지가 아닌 은총이 되었다. 어떤 야단과 구박에도 노할 줄 모르던 그 천진무구함, 낯설기조차 했던 그 선한 눈빛은 교직 생활 내내 내 가슴속에 살아 있었다. 내가 교직 생활을 무난히 마칠 수 있었던 것도 은총별의 덕분인 듯싶다. 어려울 때마다 가슴속에서 웃는 그 녀석 때문에 얼마나 회한의 눈물을 흘렸던지. 그러곤 속죄하는 마음으로, 보시하는 의지로 새롭게 마음을 다지곤 했다.

누구나 다 가슴에 그만의 별 하나쯤은 간직하고 사는 것 같다. 자랑의 황금별, 추억의 애틋한 별, 미완의 꿈 슬픈 별, 은총이처럼 아린 별…….

일생 동안 내 가슴에 박혀 너무나 아프고 아린 은총별은 아주 파랗고 풋풋한 별이다. 벌을 받다가도 선생님을 찾아와 "이제 가도 돼~유?" 하던 그 천진무구함이 나를 용서한다는 듯 내 심연의 주홍글씨 'A'를 어르며 비춰 줬다.

교직은 많은 인연들과 만나는 성직이다. 물건이 아닌 사람을, 성과나 수치가 아닌 마음을 대상으로 하는 매력적인 직업이기도 하다. 마음의 열쇠는 곧 사랑이다. 사랑 없는 교사는 악연을 만드는 위험한 직업이기도 하기에 소명의 성직이라 하는 것 같다. 대부분의 교사들은 교직이 끝났을 때야, 성직의 본질을 자각하고 아쉬워한다. 다시 한 번 주어진다면, 하지만 주어질 수 없기에 더욱 통석해하는 것 같다.

아마도 후배는 어항 속 물고기처럼 제한된 삶을 살아가는 자신의 처지가 답답했을 것이다. 하지만 후배처럼 학생이나 학부모 때

문에 괴로워하며 수면 위로 떠올라 다 죽어 갈 듯한 물고기처럼 흐느적거리는 몰골은 처연하다. 천직이라 믿고 직업의식을 바꿔 보면 어떨까. 소명을 갖고 학교와 관련된 사람들의 마음을 사랑의 열쇠로 열고 사랑의 렌즈로 투시한다면 오히려 학생과 학부모의 존경 대상이 되지 않을까. 남을 사랑하는 것이 곧 자기를 사랑하는 일愛人者則人愛之이라 했고, 이는 곧 상생 원리로 자기완성의 지름길이 될 것이다. 그러면 그 후배도 물을 치고 솟아오르는 싱싱한 물고기가 되지 않을까.

파도가 가르쳐 준 교훈

유강호_프리랜서 방송 작가

내가 산호세 컴퓨터 직업 학교에서 블로그 기술을 배울 때, 내 옆자리에 앉은 멕시코 여자 제니퍼는 인터넷으로 주식을 사고팔았다. 은행이나 주식 시장에 가지 않고도 컴퓨터 속에서 주식을 사고팔 수 있다는 걸 몰랐던 나는 그녀가 대단히 존경스러웠다 .

제니퍼는 매일 샀다가 팔았다가 하며 재미를 톡톡히 보았지만 별로 행복해 보이지는 않았다. 늘 자기는 좋은 뉴스 2가지에 나쁜 뉴스 3가지와 함께 산다고 툴툴거렸다. 그러다가 어느 날 대박이 터졌다고 기뻐하더니 집도 사고, 피자 가게도 늘리고, 재미있게 다니던 컴퓨터 학교도 나오지 않았다.

몇 달 후, 슈퍼마켓에서 만난 제니퍼는 아주 초주검이 되어 있었다. 그녀가 주식으로 돈을 벌자 남편은 바람이 났고 결국 이혼을 심각하게 고려 중이라고 했다. 설상가상으로 집값이 바닥을 쳐 은행에서 독촉장이 날아와 어디론가 도망가고 싶단다.

"어디로 도망가고 싶은데?"

내가 근심스럽게 물어보자 그녀는 깔깔대고 웃었다.

"그거야 당근 내 고향이지. 가난한 멕시코가 싫어서 집에서 도망쳐 미국으로 왔지만 이젠 다시 집으로 가야지. 그곳엔 그래도 친구도 많고, 할아버지, 오빠, 조카, 가족들도 있고. 나를 기다려 주는 첫사랑도 있으니까……. 하하하!"

그렇구나. 너에게는 갈 수 있는 고향이 마지막 희망이구나.

경제가 살얼음판이 되다 보니 여기저기 우울한 소식들만 들린다. '희망'이라곤 좀처럼 보이지 않는다.

자칫 화려해 보이는 성공을 포장한 단어들은 난세에 부끄럽기만 하다. 다 망가지고 나서 '어마어마한 무엇'이 찾아온들 그것이 과연 무슨 보상이 될까? 아무리 힘들어도 끈질기게 살아남는 이들이 바로 한국 사람이다. 시간이 지나고 나면 지독한 악천후도 서서히 개고 맑은 날이 찾아온다. 둘이 손을 맞잡으면 폭풍우 속에서도 살아갈 문은 열린다. 오늘 힘들어도 설마, 내일은 좋아지겠지, 모두들 그렇게 생각하며 고단한 몸을 눕힌다.

기다리고 또 기다리고……, 그럼에도 불구하고 기다림은 희망이다 .

나에게도 추운 시절이 있었다. 너무나도 비참해 나는 죽으려고 하와이 바닷가에 섰다. 오아후섬 북쪽에 터틀베이라는 해변이었다. 파도가 거칠기로 유명한 바다다.

밤이 이슥할 무렵 정신을 놓아 버리고 바다를 향해 걸어갔다. 그런데 지금 생각해도 가슴 울컥한 일이 벌어졌다. 한 걸음을 바다로 들어가면 파도가 나를 뒤로 되돌려놓는 것이다. 그 힘이 얼마나 센지, 온몸에 멍이 들 정도였다.

마음대로 죽지도 못하다니, 화가 났다. 아무리 발버둥을 쳐도 나는 백사장을 벗어날 수가 없었다. 그때, 문득 그 바다가 나더러 살라고 격려하고 있다는 생각이 들었다. 마치 나를 세상으로 떠밀어 주며 살라고 고함을 지르는 것 같았다. 나는 완전히 기력이 빠진

몸과 황홀한 부활의 의지를 안고 터틀베이를 떠났다.

　며칠 뒤 푸나후스쿨이라는 학교를 찾았다. 한 해 수업료가 1만 달러가 넘는 사립학교로 오바마 대통령 당선자를 배출하기도 했다. 해마다 봄이면 푸나후스쿨에서는 축제가 벌어진다. 축제 마지막 날 벼룩시장이 열리는데, 1달러를 주고 커다란 대봉투를 사면 시장에 나온 모든 것을 마음껏 봉투에 담아갈 수 있다. 숟가락, 신발, 옷, 냄비, 밥솥, 프라이팬에 아보카도와 파인애플까지. 지역의 가난한 사람들을 위해 부자들이 아무 조건 없이 내놓은 것들이다. 가난한 나는 거기에서 내게 필요한 것들을 살 수 있었다. 그 속에는 희망도 들어 있었다. 이제 다시 사는 거다.

　그리고 무작정 하와이의 한 방송국을 찾아갔다. 한국에서 방송작가로 일한 경력을 보고 일자리를 줬다. 마침 한류 열풍이 하와이에 상륙한 때라, 하와이대학에서 드라마 특강도 맡았다. 그때 한

마음대로 죽지도 못하다니, 화가 났다.
아무리 발버둥을 쳐도 나는 백사장을 벗어날 수가 없었다.
그때, 문득 그 바다가 나더러 살라고 격려하고 있다는 생각이 들었다.
마치 나를 세상으로 떠밀어 주며 살라고 고함을 지르는 것 같았다.

교수가 하와이에 온 이유를 물었다. "너무 절망해서 죽으려고 왔
다"고 했더니 그 교수가 이렇게 말했다. "사람이 인생의 밑바닥까
지 가보는 게 얼마나 큰 축복인지 생각하라. 절망의 밑바닥, 그거
언제 가보겠는가. 게다가 당신은 작가가 아닌가. 인생의 밑바닥을
경험해야 좋은 글도 나오는 것이다"라고. 한 마디 한 마디가 내 가
슴을 찔렀다.

죽으러 갔던 섬에서 나는 5년을 더 살게 되었다. 아들들은 LA에
서 공부를 마치고 성인이 되었고, 나는 하와이에서 제2의 생을 살
고 있다. 지금은 서니베일에서 살고 있다. 혹독한 비바람 지나고
나면 절망도 추억이 된다. 살아 있다는 자체만으로도 축복이고, 한
없이 고맙다.

빵을 구우면 꿈이 부풀죠

하계열_부산진구청장

⋯ 부산진구에는 아주 특별한 카페가 하나 있다. 전포 종합 사회복지관 1층에 있는 그 카페는 빵을 주로 팔기 때문에 이름이 '빵집'이다. 빵 카페를 차린 사람은 세상에서 가장 순수한 20대의 젊은이들이다. 이들은 지적 장애인들로 흔히들 정신박약아라고 부른다.

빵 카페는 2008년 9월에 문을 열었다. 복지관의 직업 재활 교육에 참가하던 지적 장애인들이 직접 빵을 만들어 1층 카페에서 판매하기 시작한 것이다.

남자는 8명이고 여자는 5명이다. 모두들 겉으로 보면 멋있고 예쁘게 생긴 평범한 20대들이다. 그러나 그들의 지적 능력은 초등학교 저학년생 수준에 불과하다.

서빙은 주로 여자들이 맡는다. 2인 1조로 일주일씩 돌아가며 서빙한다. 다른 친구들은 실습실에서 빵을 만들어 공급한다. 서빙을 맡은 친구들은 인근 스타벅스에서 손님 응대 요령을 배워 왔다. 그들은 정말 친절하고 예의 바르다. 그런데 이따금씩 계산이 틀려 곤혹을 치르기도 한다. 거스름돈을 덜 주거나 더 주는 경우가 잦은 것이다.

이들을 가르치는 제과 제빵의 박선하, 생활 교육의 이수정 선생은 이렇게 말한다.

"제빵 이론을 설명하면 못 알아들어요. 단어 뜻을 모르기 때문이죠. 또한 어린아이처럼 두 가지 이상의 일을 동시에 못해요. 빵을 만들다 보면 반죽도 하고 굽기도 하고 다른 재료를 준비해야 하는데 이 친구들은 오븐에 빵을 넣고 다른 일을 하다가 빵을 태우는 경우가 많아요."

계산도 틀리고 기술 습득도 더디고 항상 보살핌을 받아야만 하는 이 친구들을 사회에 내보내기란 쉽지 않았다. 그러나 빵 까페를 하면서 이들에게 서서히 변화가 생기기 시작했다.

"서빙하는 친구들의 경우 계산을 틀리는 횟수가 점점 줄어들고 있어요."

발전한 것은 계산 능력뿐만이 아니었다. 이들은 최근 '대형 사고'

를 쳤다. 박선하 선생이 외근을 간 사이 레시피를 보고 처음부터 끝까지 스스로의 힘으로 빵을 만들어 냈던 것이다. 시키는 일 한 가지만 할 줄 알았던 그들이 스스로 복잡한 과정을 거쳐 빵을 만들어 내는 모습을 보고 외근을 갔다 온 박 선생은 울컥 감동을 받았다고 한다.

만들 수 있는 빵의 종류도 점점 많아졌다. 앙금 빵과 우유 식빵, 밤 식빵을 척척 만들어 낸다. 최근에는 난이도가 높은 슈크림 빵을 만들고 있다.

평소 생활에서도 변화가 일어났다. 모두들 스스로 출퇴근을 하기 시작했다. 20년 동안 한결같이 아들을 데리고 다녔던 한 어머니는 최근 복지관의 말을 믿고 아들을 혼자 보냈다. 반신반의하며 뒤를 따라간 어머니는 아들이 혼자서 지하철을 타고 환승까지 척척해서 1시간 거리의 복지관에 들어가는 모습을 보고 뜨거운 눈물을 흘렸다고 한다.

요즘엔 자기들끼리 어울려 시내에서 영화도 보고 노래방에도 가고 바다나 산에 놀러 다니며 재미있게 지낸다.

지금까지 몇 달간은 '맛보기'에 불과했다. 연말연시를 맞아 케이크 주문도 받았다. 손님들 반응이 좋아 내년에 사업자 등록을 내고 빵 카페를 본격 운영할 계획이다. 다양한 메뉴를 준비하고 홍보 활동을 펼쳐 수익 창출에 나설 방침이다. 저마다 핸디캡을 가진 그들이 세상에 본격적으로 도전장을 낸 것이다. 장애아를 둔 세상의 어머니들, 아니 대한민국 국민 모두에게 이 13명의 희망 청년들이 "할 수 있다"는 메시지를 던져 주고 있다.

삶의 소중함 일깨워 준 봉사 명령

최강타 _회사원

    중소기업에서 일하다가 회사가 어려워져 사직을 하고 3개월 정도 백수 생활을 하며 방황하던 중 주위의 비슷한 처지에 있던 친구로부터 좋은 사업이 있으니 같이 해보자는 연락이 왔다. 잠시 고민도 했지만 결국 단기간에 큰돈을 벌 수 있다는 일확천금의 유혹을 뿌리치지 못하고 친구와 함께 성인 오락실을 시작했다. 그러나 두 달도 채 안 되어 경찰에게 단속이 되었고 원금은커녕 빚만 5천만 원 이상 지고 말았다. 설상가상으로 징역 8월에 집행유예 2년, 사회봉사 명령 80시간까지 받게 되어 졸지에 범법자 신세가 되었다. 억울한 심정에 항소할까 생각도 하였지만 어차피 내가 잘못한 부분도 있으니 사회봉사가 어떤 것인지 어디 한번 받아 보자 마음을 바꾸었다.

법무부 서울 동부 보호 관찰소에 신고하고 2시간 정도 안내 교육을 받은 후 강동구 성내동에 위치한 성내복지관으로 배치되었다. 자발적으로 시작한 봉사가 아니어서 그런지 매사가 짜증났다. 불만에 가득 차 괜히 보호 관찰소 담당자에게 트집을 잡아 시비를 걸거나 복지관 담당자의 지시에도 대충 하는 둥 마는 둥 하며 건들거렸다.

복지관에서 맡긴 업무는 생활이 어려운 독거노인, 소년 소녀 가장, 장애인 가정에 점심 도시락과 반찬, 김치 등 부식 등을 배달하거나 거동이 불편한 어르신의 집에 방문하여 목욕을 시켜 드리는 일이었다. 지금까지 같은 동네에 살면서도 몇 번 아니 수도 없이 복지관 앞을 지났지만 복지관에서 무슨 일을 하는지 알지 못했고 애써 알려고 한 적도 없었다.

그렇게 사는 사람이 있는 줄은 꿈에도 몰랐다. 볕도 들지 않는 지하 방에 혼자 사는 어르신 집이었다. 방문을 열기 전부터 도저히 견딜 수 없는 악취가 풍겨 왔다. 불편한 몸에 부축해 줄 사람도 없는 탓에 그만 방 안에 용변을 보신 것이다. 청소를 하고 준비해 온 목욕 도구로 몸을 씻겨 드리는데, 거죽밖에 없는 몸에 성한 구석이 없었다. 그런 어르신께서 떠나는 우리에게 빵과 사탕을 쥐여 주는 게 아닌가. 복지관에서 준 걸 아껴 뒀다가 내놓은 것이다. 뭔가에 머리를 세게 얻어맞은 느낌이었다. 불과 몇 시간 전까지 세상에 시비를 걸던 내 마음이 180도 바뀌었다. 이게 아니구나!

도시락을 받고서 고맙다고 웃던 5학년짜리 여자아이 은미가명의 웃음도 그랬다. 한 칸짜리 반지하 방에서 교통사고로 누워 계신 아버지와 6살, 4살짜리 동생을 보살피는 소녀 가장이다. 점심시간에 도시락을 받으러 들른 은미는 "학교 다니는 게 재미있다"며 씩씩하게 웃었다.

소아마비 장애가 있는 아내와 지적 장애가 있는 박 씨 부부도 반지하 방에 살았다. 폐지 수집과 공공 근로로 생계를 꾸리는 가족이지만 두 분 모두 우리 손을 잡으며 활짝 웃었다.

밖에 나갔던 분들도 점심 무렵이면 어김없이 집에 돌아와 있었다. 우리가 배달한 도시락 하나로 세끼를 때우는 분들도 많았다. 먹고살기 힘들다고, 하는 일마다 왜 이리 안 풀리느냐고 세상을 원망하며 불평불만을 일삼던 내가 한심했다.

열흘이라는 짧은 시간 동안 봉사 명령을 수행하면서 스스로를 돌아볼 수 있는 시간을 갖게 되었고, 어렵지만 열심히 살고자 노력하는 분들의 모습을 보면서 삶의 소중함을 깨닫게 되었다. 점심때가 되면 어김없이 도시락을 기다리고 계실 이웃들을 생각하게 된다. 그리고 그리 특별한 것도 없는 도시락이지만 몇 번이고 고맙다는 인사를 건네시는 모습이 아직도 눈에 선하다.

인생지사 새옹지마라고 사회 봉사 명령이 끝난 후 예전에 일하던 회사로부터 연락이 와서 다시 회사에 다니게 되었다. 앞으로는 항상 감사하는 마음으로 나보다 어려운 이웃을 생각하며 열심히 노력하며 살 것을 다짐해 본다.

희망 프로젝트

권재관_개그맨

···안녕하세요. 저는 KBS 2TV 〈개그 콘서트〉에 서 '희망 프로젝트'라는 코너를 맡아 연기했던 개그맨 권재관입니다. 박휘순, 박나래, 이원구 같은 동료 개그맨과 함께 출연했었죠. 아무리 열심히 웃기고 싶어도 방송을 탈 수 없는 모든 개그맨을 대신해서 머리에 빨간 띠를 두르고 "쉬고 있는 개그맨에 게 꿈과 희망을!", "시급 2,500원에 불러만 주시면 어디든지 가겠 습니다"를 외쳤습니다. 그렇게 목이 쉬도록 "불러만 주시면 어디 든지 가겠다"고 외쳤건만 전 여전히 쉬고 있습니다.

연말이 되면 사람들은 버릇처럼 다사다난한 해였다고들 합니다. 전 그 말이 비유가 아니라는 걸 올해 더욱 실감했습니다. 한 해를 버티는 게 이렇게 힘든 거구나, 뼈저리게 실감했으니까요. 대한민국 땅에서 개그맨으로 산다는 건 주로 좌절감을 맛보는 일입니다. 여러분이 보시는 짧은 개그 코너 하나를 만드는 데는 보통 한 달이 넘는 시간이 걸리지요. 30일 내내 마라톤 회의를 하며 고민을 했는데도 제작진이 "재미없어!"라며 한마디로 코너를 '킬'하는 날은 흐르는 눈물을 막기가 참 힘듭니다. 그건 곧 출연료를 받기 힘들다는 뜻이기도 하죠.

그렇게 자신감이 바닥을 치던 무렵의 일입니다. '희망 프로젝트'에서 "시급 2,500원에 어디든 불러 달라"는 저희의 외침을 듣고 많은 분들이 전화를 주셨는데, 그중 서울 강서구 화곡동에 있는 한 이발소를 찾아가게 되었습니다. 손님이 워낙 없어서, 아르바이트를 쓸 필요도 없는 그런 영세한 이발소였지요. 한데 사장님은 새벽부터 나와 네다섯 평 남짓한 그 작은 이발소를 끊임없이 쓸고 닦으시더군요. 손님이 언제 들어올지 모르니 항상 만반의 준비를 해놔야 된다면서 손님 없는 이발소를 지키던 사장님은 "이건 내 천직이야. 그러니 최선을 다해야지" 하시며 웃으셨습니다. 머리를 얻어맞은 기분이었습니다. '이렇게 열심히 사시는 분이 있는데 내가 힘들어하는 건 사치다' 싶더군요. 어려운 처지에 놓인 사람이 웃는 웃음은 단순한 웃음 이상의 힘을 갖는다는 걸 그때 처음 깨달았습니다. 그건 희망을 잃지 않은 사람만이 가질 수 있는 웃음이기 때문입니다.

　요즘 '너무 좋아'라는 코너로 주가를 올리는 동료 개그맨 김경아 씨의 웃음도 그렇습니다. 처음 데뷔할 때만 해도 김경아 씨는 사람들이 기억하지 못하는 역할만 했습니다. 그래도 김경아 씨는 좀처럼 웃음을 잃는 법이 없었습니다. 그녀는 "언젠간 나도 주인공 하고 말 거야!"라고 늘 큰소리를 치면서 즐겁게 연습하고 즐겁게 일했죠. 그녀가 요즘 사랑을 받는 건 그때의 그 용기 있는, 희망을 잃지 않았던 웃음 덕분인지도 모릅니다.

손님이 워낙 없어서,
아르바이트를 쓸 필요도 없는 작은 이발소를
끊임없이 쓸고 닦으시더군요.
손님이 언제 들어올지 모르니
항상 만반의 준비를 해놔야 된다고 하시며 웃으셨습니다.

어느덧 2009년이 밝았습니다. 올해도 저와 제 가난한 동료들은
아이디어를 찾아, 혹은 생계를 꾸리기 위해, 하루하루를 치열하게
살겠지요. 5분짜리 코너 하나를 제대로 짤 때까지 며칠을 울어 보
기도 하고, 욕도 하고, 담배도 피우고, 소주도 마시겠지요. 때론 무
대 위에서 몸을 굴리기도 하고, 겨자도 달게 먹는 척하고, 멀쩡한
얼굴에 까만 칠도 하겠죠. 그래도 화곡동 이발소 사장님의 직업 정
신을 기억한다면, 힘든 순간에도 당당할 수 있는 웃음을 웃을 수만
있다면, 결국은 해피엔딩이 찾아올 거라고 저는 간절하게 바라고,
또 굳게 믿습니다.

꿈꾸는 인생

윤진철_KT IT 서포터즈

··· 나는 빈농의 2남 2녀 가운데 장남으로 태어났다. 어려웠던 시절을 더듬어 보면 시작도 없고 끝도 없을 것만 같다. 먹고사는 것도 힘들었던 유년 시절에는 형제들이 초가 단칸방에 옹기종기 모여 서로의 온기로 한겨울을 넘겼고, 대학 진학은 감히 꿈도 꿀 수 없었다.

공고를 졸업하고 대학에 가고 싶었지만 포기해야만 했다. 하지만 오늘 눈물로 씨 뿌린 것들은 내일 기쁨으로 거두는 날이 반드시 있을 거라는 믿음을 가지고 소중한 내 꿈을 잠시 묻어 두었다.

강원도에서 군대 생활을 마치고 사회 초년생 생활이 시작되었다. 일용 인부로 하루를 시작한 나는 온종일 철근과 콘크리트를 분리하는 단순노동을 했다. 별이 드문드문 박힌 밤하늘을 인 채 파김치가 된 몸을 이끌고 퇴근해 라면 한 끼로 허기진 배를 채워야만 했다. 하지만 소중한 내 꿈을 펼치기 위해 책을 집어 들었다.

월세방이 다 그러하듯 여름엔 너무 덥고 겨울엔 너무 추웠다. 그런데 그해 여름은 유난히도 더웠다. 내 젊음도 가끔씩 견디기 힘들었는지 코피를 쏟아 냈다. 새벽녘 곤한 몸을 누이면 슬레이트 지붕 사이로 반짝이는 별이 보였다. 그 별빛을 보며 나는 소중한 내 꿈을 놓아 버리지 않으려고 이를 악물었다.

사람이 죽으라는 법은 없는지 그렇게 2년여를 노력한 결과 한국전기 통신 공사, 지금의 KT에 입사하게 되었다. 생각해 보면 주변 분들에게 평생 잊을 수 없는 큰 은혜를 입은 것 같다. 삶에 항상 양지만 있는 것도, 그렇다고 음지만 있는 것도 아니듯, 내게도 시련과 희망이 공존했다. 아버지가 돌아가시고, 결혼을 하고, 전세방에서 아이 셋을 키웠던 일 등. 돌이켜 보면 힘들기보다는 즐거웠던 순간이 더 많은 것 같다. 고생 끝에 낙이 온다는 그 평범한 진리가 나를 기쁨으로 인도한 것이다.

이제 때가 된 것 같다는 생각이 들 즈음 나는 어릴 적부터 꿈꾸어 왔던 대학 진학을 조심스럽게 펼쳤다. 어떤 비극적인 상황을 만나더라도 적극적이고 긍정적인 생각만 가지면 모든 게 이루어진다는 생각에는 변함없었다. 단지 조금 늦어졌을 뿐.

1996년 노동부에서 백여만 원을 대출해 공부를 시작했다. 콘크리트 바닥에 계란을 깨트리면 반숙이 될 정도로 뜨거운 여름에도 시장통에 있는 돼지국밥 한 그릇으로 허기진 배를 채우며 공부에 매달렸다. 낮에는 회사 생활을 하고 밤엔 대구의 학원으로 시외버스를 타고 4시간이 넘는 거리를 오가며 밤을 지새웠다.

주변 사람들은 맛있는 거 사먹고 건강 챙기며 공부해야지, 라고 걱정들을 했다. 모두 내 건강을 염려해서 하는 말이었지만 그러기엔 주머니 사정이 너무 궁핍했다. 어떻게든 아껴야 했다. 한 집안의 장남으로, 한 가정의 가장으로 책임져야 할 몫으로 한 달 급여는 턱없이 모자랐다. 하지만 목표가 확실한 사람은 아무리 거친 길에서도 앞으로 나아갈 수 있다.

내가 변하면 모든 게 변한다는 사실을 깨달았다. 결국 전문 대학에 진학했고, 장학금을 받지 못하면 안 되는 형편이었기에 하루 3시간만 자며 공부를 했다. 그 결과 학과 수석으로 졸업할 수 있었다. 그게 끝이 아니었다. 꿈은 계속되었다. 공부에 대한 열망은 나를 편히 내버려 두지 않았다.

나는 곧바로 편입을 했고, 2002년 3월에 경남대 대학원을 졸업했다. 공고를 졸업할 무렵에는 기능사 자격증 하나가 전부였지만, 희망이라는 단어로 꿈을 품고 앞만 보고 달려온 결과 10여 년이 지난 지금은 전기 기사, 전기 공사 기사, 소방 설비 기사, 무선 설비 기사, 직업 훈련 교사, 국제 공인 자격까지 20여 종이 넘는 자격증을 가지게 되었다. 생각만 해도 뿌듯한 일이 아닐 수 없다.

지금은 어려웠던 어린 시절을 떠올리며 나처럼 어려운 사람을 돕는 꿈을 품어 본다. 가난을 경험해 본 사람만이 진정 어려운 사람을 이해할 수 있는 법이다. 그래서 지상에서의 가장 아름다운 1%, 모두가 함께하는 세상, 아름다운 재단과 함께 KT IT 서포터즈에서 소외된 계층을 위한 사회 공헌 활동을 하고 있다. 그렇다고 지금 내가 많은 것을 가졌다는 것은 아니다. 예전에 비해 조금 더 가지게 됐을 뿐이고, 내가 가진 것을 나누고 싶을 뿐이다.

어떠한 마음으로 세상을 보느냐에 따라 인생은 달라진다. 희망을 잃지 않고 항상 긍정적이고 낙관적인 생각을 가지며 지금 이 시간 최선을 다하는 것만이 우리를 좀더 나은 미래로 인도한다.

어떤 일이든 노력하지 않고 얻을 수 있는 것은 없다. 내 인생의 앞길이 비록 험난할지라도 굴하지 않고 묵묵히 가는 것만이 최선이다. 그러다 넘어지고 깨어지고 절망이라는 수렁에 빠지기도 하겠지만 내가 바라던 것을 얻게 될 때까지 포기하지 않는 용기와 인내가 필요하다.

《긍정의 힘》의 저자 조엘 오스틴은 행복한 생각이 행복을 부른다, 라고 했다. 너무 늦은 시기란 없다고 생각한다. 정말 하고 싶었던 일들, 포기하고 여태까지 망설여 왔던 일들을 당장 행동으로 옮겨 보자. 그리고 나 자신에게 조용히 용기를 주자.

　"넌 잘할 수 있어!"

재기의 발판은 사랑

손웅익_(주)아쿠아 건축사 사무소 소장

··· 58년 개띠는 전쟁 후 태어난 베이비부머의 대표 브랜드다. 콩나물시루 같은 교실, 2부제 수업, 중학교 무시험부터 고등학교 뺑뺑이 1세대. 입시가 없어졌다고 하지만 그 안에서 벌어지는 경쟁은 더 치열했던 세대가 바로 베이비붐 세대다.

나는 운 좋게 좋은 고등학교를 배정받았고, 대학교에서 건축을 전공하고, 설계 사무소에 취직해서 수년간 휴일도 별로 없이 열심히 일했다. 지금은 컴퓨터로 도면을 그리지만 1980년대 후반까지는 손으로 그렸는데 늘 손과 소매 부분이 까맣게 되어 나는 설계 사무소를 농담 삼아 연탄 공장이라 불렀다. 트레이싱지에 도면을 그리는데 여러 번 수정을 하다 보면 자연히 종이에 구멍이 나 너덜너덜해졌고 투명 테이프로 뚫린 부분을 보수하곤 했다. 야근에 철야를 반복하는 것은 설계 사무소 생활의 기본이라 다들 알고 있던 시절. 지금도 그렇지만 현장 설계를 할라치면 제출 날짜 며칠 전부터는 집에 갈 생각을 포기했다. 그런 와중에도 동료들끼리 술도 많이 마셨고 새벽에 설계 사무소에 들어와 제도판 위에서 잠시 눈 붙이고 다시 일어나서 도면을 그리곤 했다. 설계 사무소는 워낙 박봉이라 월말에 술값 정산하고 남는 게 없어 가불하는 친구들도 있었다. 도면을 그리며 줄담배를 피우니 사무실은 너구리 잡듯 연기가 항상 차 있고 노숙자에 버금가는 몰골들 속에 나도 앉아 있었다.

몇 년 후 건축사 시험에 합격하고 설계 사무소를 개업했다. 30대 초반이었다. 개업 등록비를 선배들에게 빌리고, 선배 사무실 귀퉁이 조그만 방을 얻어서 문짝을 주어다가 제도판으로 쓰면서 혼자 일을 시작했다. 건축주 만나고 계획하고 도면 그려서 허가를 받고 감리해서 준공 받는 등 일련의 건축 과정들을 처음에는 혼자서 다 했고, 조금씩 인원을 늘려 설계 사무소의 면모를 갖추게 되었다. 부지런히 일하다 보니 몇 년 후에는 직원도 많아지고 일의 규모도 커졌다. 40대에 막 접어든 나이였다. 가장 왕성하게 인생과 일의 꽃을 피워야 하는 시기였고 열정은 충만했다.

그때 IMF가 왔다. 일거리가 뚝 끊기면서 모든 꿈이 보류되었다.

혹시 일거리가 있을까 해서 출근하지만 허사였고, 잠을 못 자서 멍하니 앉아 있는 상태로 하루 종일 보내는 일상이 반복됐다.

자신해 왔던 건강에도 이상이 생겼다. 상태가 매우 심각했다. 아내는 밤마다 울면서 아마추어 실력으로 수지침을 놓아 주고 뜸을 떠 주었다. 먹지 못하고 잠도 거의 못 자고 살을 꼬집어도 전혀 감각이 없으며 소변을 볼 때도 나오는 느낌이 전혀 없고 혈압이 치솟고 심장이 뛰어 방이나 좁은 곳에는 있을 수 없었다. 지하철을 타면 답답하고 숨이 막혀 한 정거장 가고 내렸다가 다시 타기를 반복해서 출근했다. 병명은 폐쇄 공포와 공황증이라 했다.

2년 가까이 일거리가 전혀 없었고 거래하던 회사들이 줄줄이 부도났다. 바닥이라고 생각하면 그 아래 또 다른 바닥이 나오는 악몽의 연속. 그래도 심각하다는 내색을 하지 않았는데 어머니께서 어느 날 신설동 무슨 은행에서 보자고 하셨다. 내가 어릴 때 그렇게 어려운 중에도 하나 들어 놓은 보험이 있는데 1년에 백만 원씩 탄다고 하시면서 그 돈을 내게 건네 주셨다. 나이 마흔 넘은 내가 만 원짜리 두툼한 봉투를 주름진 어머니의 손에서 건네받았다. 민망하고 죄송스러운 마음과 감사한 마음이 한꺼번에 몰려들었다. 그리고 어떻게든 다시 일어서야겠다고 속으로 다짐 또 다짐했다.

그후 어머니와 아내의 눈물과 사랑으로 차츰 건강이 회복되었고, 그전처럼 열심히 일할 수 있게 되었다. 그렇게 10년이 지나 내 나이 50대로 접어 들어들었다. 원래 자리로 돌아오는 데 10년이 걸린 것이다. 그때 초등학생이던 큰아이가 이제 대학생이 되었고 곧 군대에 가려고 한다.

요즘 다시 전 세계적인 금융 위기가 찾아왔다. 10년 만에 다시 찾아온 위기. 노후 준비를 해야 하는 우리 58년 개띠들이 체감하는 위기감은 그때보다 더 심각할지도 모른다. 40대에는 젊음으로 버텼지만 이제는 정말 회복하기 힘들지 모르기 때문이다. 그러나 나는 정말 힘들 때마다 부모님을 떠올린다.

공교롭게 아버지도 34년 개띠시다. 일제 시대와 전쟁, 보릿고개. 죽음과 삶의 경계, 굶주림과 절망의 터널을 지나와 이제 70대 중반. 말로는 다할 수 없는 세월을 가슴에 담고 아직도 건강하게 택배 일을 열심히 하고 계시는 아버지. 지금도 그러시겠지만 몇 번 기워서 누더기 같은 팬티를 자식들 못 보게 숨겨 놓고 입으시던 여자로서의 어머니를 생각한다. 두 분의 강인함과 사랑을 생각하면서 내 아들들도 그런 모습으로 나를 기억하기를 바란다. 받은 사랑과 주어야 할 사랑으로 하여 이번의 위기도 너끈히 넘어갈 수 있으리라고 자신해 본다.

빈 둥지에 남은 것, 그것은 희망이다

최춘희_시인

사회 전체가 갑자기 불어닥친 경제 한파로 인해 심하게 중병에 걸려 신음 중이다. 여기저기서 살려 달라고 비명을 지르며 아우성치는 것을 보며 새삼스레 나 자신을 되돌아본다. 나는 이름도 생소한 난치 질환에 걸려 10년 넘도록 생사를 넘나들며 투병 중인 환자다. 요즘은 현대 의학이 잘 발달해서 병원이나 의사, 환자들조차 불치병이란 단어는 사용하지 않는다. 암 정복도 가능해졌다. 그래도 아픈 이들은 자신에게 주어진 병의 십자가를 지고 오늘도 온갖 검사와 치료를 받고 약을 먹으며 건강을 찾으려고 고군분투 중이다.

처음 심한 하혈로 쓰러져 응급실에 입원했다가 졸지에 영문도 모른 채 골수 이식 병동 무균실에 입원했을 때의 비현실감과 두려움, 절망감, 억울함, 분노는 지금도 생생하고 끔찍하다. 밤낮을 가리지 않고 찔러 대던 주삿바늘과 골수 검사의 기억은 아직도 나를 두려움에 떨게 한다. 별로 나쁜 짓 안 하고 나름 착하게 열심히 살아왔다고 생각했는데 왜, 하필이면 그 많고 많은 사람들 중에 나일까 싶어 보이지 않는 신을 원망했고 건강한 세상 사람들이 공연히 미웠다. 다행히 완치는 아니지만 현재는 일상생활 하는 데 큰 불편함은 없다. 어머니의 기도와 가족과 주변 친구들의 따뜻한 배려에 힘입어 그 길고 캄캄한 절망의 터널을 빠져나와 이만큼 건강을 누릴 수 있게 된 것이다.

내가 만일 나만 빼고 아무 일 없다는 듯 즐겁고 평온하게 돌아가는 것 같은 세상 모든 것들에 대한 소외감과 모든 걸 포기하고 싶은 자괴감 속에 빠져 주저앉아 버렸다면 생명의 존귀함과 눈부신 햇살의 경이로움과 일상에서 누리는 소소한 기쁨들을 맛보지 못했을 것이다.

'자살'을 거꾸로 읽으면 '살자'가 된다. 죽을 용기로 세상을 산다면 그 어떤 모진 시련과 앞이 보이지 않는 절망 속에서도 한줄기 빛과 희망의 길을 반드시 찾을 수 있다고 나는 믿는다. 밀쳐 내기만 하던 병을 받아들이고 병과 함께 세상을 사이좋게 살아가는 법을 깨닫게 되었을 때, 그때까지 남의 탓만 하며 어리석게도 스스로 자폐의 늪에 던져 놓았던 자신을 밑바닥에서 건져 올릴 수 있었다.

물론 끝이 보이지 않는 병마와 잊을 만하면 변덕 부리듯 칼바람 날리는 이 험한 생의 벼랑길에서 죽음 대신 새 생명을 얻은 그때의 감격과 초심을 자주 잊어버리기도 한다. 시시때때로 해결점이 보이지 않는 위기는 거대한 폭풍이 되어 나를 초토화시키고 무릎을 꺾게 만들기도 한다. 물가는 오르고 빚은 하루하루 늘어나지만 그래도 나는 웃는다.

겨우 장만한 집을, 병원을 내 집 드나들 듯하면서 병원비로 두 번씩이나 날렸다. 얼마 전 살던 아파트를 떠나 값이 훨씬 싼 다가구 주택으로 옮겨 앉았다. 그래도 통장의 잔고는 항시 마이너스다. 하지만 오늘보다는 내일 훨씬 눈부실 꿈과 희망이 있기에 절망하지 않는다. 지금 이 순간 살아 있고 가족과 함께 있다는 사실만으로도 축복이고 감사하다는 걸 뼈저리게 알기 때문이다. 가장 사소하고 작은 것에서 기쁨과 보람을 얻고 감사할 줄 알 때 불황의 그늘과 살을 깎는 고통과 절망도 눈 녹듯이 사라지리라.

생을 포기하는 바로 그 순간 나는 어디에도 없다. 열심히 잘 살아야겠다. 더욱더, 있는 힘껏 저 푸른 하늘을 향해 날아오른다.

절주, 금연에 도전하다

정인환_제조업

　•• 광복절에 어머니를 하늘로 보낸 후 미친 듯 산을 헤매고 다녔다. 7년 가까운 힘겨운 간병 생활 동안 조금 더 잘 해 드리지 못했음을 한없이 자괴했다. 누가 봐도 마음을 잡지 못하는 것처럼 보일 정도였고, 거래처에서도 하나둘 거래를 끊어 버렸다. 내숭대충 일하고 술을 퍼마시는 게 일이었다. 그러다가 사고가 터졌다. 2007년 11월 10일, 음주 운전에 적발된 것이다.

사실 전부터 습관적으로 음주 운전을 했었다. 항상 소주 반병 정도를 마시면 그냥 운전을 했고, 한 병을 먹으면 1, 2시간 자거나 쉬었다가 운전을 해왔다. 그럼 안 되는데 하면서도 그렇게 했다. 대리 운전을 생각하지 않은 건 아니지만 돈이 아까워 차라리 조금 쉬었다가 운전했다. 운이 좋아서인지 그간 단속에 걸린 적이 없었는데 일이 터진 것이다.

삑, 소리가 나자 의경은 수치를 보더니 조금의 인정도 없이 "오늘 약주 좀 했네요. 차를 저쪽으로 대보이소" 하고 퉁명스럽게 말했다. 차에서 내리니 경찰관인 듯한 다른 사람이 다시 불어 보라고 요구했다.

"더더더더더, 됐습니다. 0.058이 나왔습니다."

경찰관은 차를 도로 밖에 세우고 키를 빼왔다. 그러자 다른 경찰관이 물었다.

"물로 입 안을 헹구고 다시 불어 보시겠습니까?"

나는 고개를 저었다.

"그냥 처벌받겠습니다."

나는 순찰차를 타고 경찰서로 갔다. 그곳엔 당직인 듯한 다른 경찰이 조서를 받고 있었다. 나 말고도 몇 명이 더 앉아 순서를 기다렸다.

"변호사를 선임할 수 있고 진술을 거부할 수도 있고……."

미란다 원칙 고지를 음주 적발에도 하는 줄은 처음 알았다. 조서를 꾸미면서 한 번 더 물었다.

"불만이 있거나 수치가 믿기 힘들면 채혈을 해서 다시 측정할 수도 있습니다. 그렇게 하시겠습니까?"

난 거두절미했다.

"처벌받겠습니다."

나는 이번 기회에 음주 습관을 고치고 싶었다.

당직 경찰은 후속 조치 사항을 일러 주었다. 40일 임시 면허 기간을 거쳐 100일 정지가 시작되고 도로 교통 공단의 교육과 경찰서 교육 2회, 다시 교통 공단 교육 등을 모두 이수하면 50일을 경감해 주며 벌점은 100점으로 21점을 더 받으면 면허 취소가 되고…….

내가 고분고분하니 상대도 아주 친절했다.

면허증을 반납하고 혼자서 터벅터벅 걸어오며 나는 웃었다.

'그래, 정신 차리라고 어머니가 교훈을 주신 거야. 차라리 잘 됐지. 더 큰 사고가 났을 수도 있었으니까.'

나는 다음 날 바로 교통 공단에 교육 등록을 하고 4시간 교육을 이수했다. 교육을 마친 뒤 지하철을 타고 오면서 내친김에 새해 목표 삼아 한 가지를 더 마음속으로 다짐했다. 그것은 담배를 끊는 일이었다.

나는 지인들에게 문자를 날렸다.

'친애하는 국민 여러분! 본인은 금일 23시 59분을 기하여 항구적인 금연에 돌입하오니 국민 여러분의 많은 협조 당부 드립니다.'

킥킥 웃음이 나왔다. 다음 날, 보건소의 금연 클리닉에 등록하고 이후 계속 금연을 실천해 오고 있다. 물론 음주 운전은 아예 꿈도

꾸지 않는다. 음주 습관도 변했고 횟수도 줄였다. 마시는 양도 예전의 3분의 1 정도로 줄었다.

그 사이 어느덧 다사다난했던 한 해가 기울고 어머니에 대한 그리움에서 벗어나 현실로 돌아왔다. 정신을 차리니 미국발 경제 위기가 온 나라를 뒤덮고 있다. 그동안 힘들게 뚫어 놓은 거래처가 한 곳도 남아 있지 않았다. 기계 가동을 멈추고 빈둥거린 게 벌써 두 달째였다. 나는 다시 시작하는 마음으로 거래처에 샘플을 만들어 돌리며 발품을 팔았다. 그리고 지난주에 일을 해보자는 전화 한 통을 받았다.

모두가 잠든 밤, 나는 멈췄던 기계를 돌리며 새롭게 희망을 꿈꾼다.

모두가 내 탓이오

김순남_Camp Ground Park 운영

 ··· 나는 1992년 미국으로 이민을 갔다.

그동안 열심히 노력하여 천 평이 넘는 에이커리지 주택에서 캐딜락, 벤츠 승용차를 굴리며 살아 보기도 했다. 그러나 2001년 9월 11일 뉴욕 사태 때 유럽 관광객을 주 고객으로 하던 나의 비즈니스는 운영난에 봉착했다. 결국 2004년에는 사업체를 은행에 넘겨주고 손을 털어야 했으며 미국에서 더 이상 버티지 못하고 귀국했다.

지금 나는 '외국 국적 동포 국내 거소 신고증'이라는 신분으로 60살이 넘은 나이에 경기도 성남에서 보증금 500만 원에 월세 50만 원짜리 구멍가게를 열고 있다. 집사람과 교대로 하루 15시간씩 일하면서 월수입 50만 원 정도이니 한 사람의 수입은 25만 원밖에 안 되는 셈이다. 출퇴근길엔 버스를 이용했는데 한 달 교통비 6만 원도 아끼기 위하여 얼마 전 7만 원을 주고 중고 자전거를 구입해 타고 다닌다. 국민 건강 보험도 없이 그냥 버티고 있다. 나에게 있어 노후 설계란 꿈에서나 이루어질 수 있는 사치스런 단어일지도 모른다.

그러나 나는 하루에도 수없이 '모든 게 내 탓이다'를 기도하듯 되풀이하며 내가 처한 현실을 긍정적으로 헤쳐 나가고 있다. 자전거를 타고 다닐 때도 버스비를 아끼려 한다는 생각 대신 건강을 위해 운동하는 거라고 자기 최면을 걸며 탄천변을 달린다. 남을 향하여, 또는 세상을 향하여 원망을 해본들 나에게 돌아오는 건 아무것도 없다는 것을 스스로 너무나 잘 알기 때문이다.

일을 마치고 밤늦게 집으로 향하다 보면 지하철역을 지나게 되는데 그곳에는 항상 40대로 보이는 노숙자가 이불을 덮어 쓰고 잠

세계 어디에도 지상 낙원은 없다.
그러나 마음먹기 따라 세상은 얼마든지 바뀔 수 있다고 나는 믿는다.

을 자고 있다. 옆에는 동전 통과 먹다 남은 소주병이 하루도 빠짐 없이 나뒹군다. 나름의 피치 못할 사정이 있겠지 이해하면서도 언젠가 읽었던 신문 기사가 떠오르곤 한다. 경기 침체 속에서도 중소 기업은 아직까지 구인난에 허덕이는데 노숙자들을 데려다가 일을 시켜 보면 하루 이틀 못 버티고 힘들다며 달아나 버리기 일쑤라는 내용들이었다. 그런 내용을 떠올리면 일자리를 구한다고 아우성치는 사람들이 진정 일자리를 찾는지 회의하게 된다. 산업 연수생이라는 이름으로 수입되는 그 수많은 일꾼들의 일자리는 우리나라 일꾼들이 하기 힘들다며 내버린 일자리 아닌가 싶은 것이다.

소외 계층에 대한 우리 사회의 꾸준한 지원과 배려도 중요하지만, 내가 못살고 불행한 것을 모두 남의 탓으로만 돌리려는 태도가 우리 사회에 팽배한 것이 더 큰 문제가 아닐 수 없다.

우리나라 국민들은 세계에서 스트레스 지수가 가장 높다고 한다. 다른 나라와 동일한 조건 하에서 비교했을 때 유독 한국 사람

만이 스트레스를 많이 받는 이유는 무엇일까? 이유인즉, 주위가 불행해지면 덩달아 불행을 느끼는 특성을 가지고 있기 때문이란다. 또한 남을 의식하고 사니까 남이 사교육 시키면 나도 시켜야 되고 유학 보내면 나도 보내야 되니 스트레스를 받지 않을 재간이 없다.

국내에서도 기피 업종인데 미국, 캐나다라는 이유만으로 닭, 돼지 공장으로 친구 따라 취업하러 갔다가 몇 달 만에 되돌아오는 일이라든지, 국내 영어 학원 수준만도 못한 동남아 지역 국가로 역시 친구 따라 자녀들을 유학 보내는 기러기 아빠들이 얼마나 많은가? 이러한 시행착오도 알고 보면 남을 탓하고 남을 의식하는 데서 비롯되는 것이다. 남의 떡이 크다고 생각하면 내 떡은 항상 작은 모래알 같을 수밖에 없는 이치와도 같다.

세계 어디에도 지상 낙원은 없다. 그러나 마음먹기 따라 세상은 얼마든지 바뀔 수 있다고 나는 믿는다. 어쩌면 나는 지금 아주 가난한 사람 중의 한 사람일지도 모른다. 더욱이 경제적으로 절망의 조건을 완벽히 갖춘 사람이라고 볼 수 있기도 하다. 그러나 나는 희망의 끈을 놓지 않는다. 비록 허황된 생각이라 할지 몰라도 노인 복지관에 영어 강사 지원서도 내보고 블로그에 글도 올리는 등 열심히 살아가고 있다. 남 탓이 아니라 '모두가 내 탓이오'라는 마음가짐으로 말이다.

화해

민경옥_조선일보 NIE 지도사

··· 어떤 남학생이 내 등을 팍 밀었다. 그 힘이 얼마나 강했던지 나는 공중으로 약간 떴다가 바닥으로 내리꽂혔다. 순간 창피한 기분이 들어 벌떡 일어나 걸었다. 다리에 이상한 느낌이 들었지만, 그걸 염두에 둘 겨를이 없었다. 그러나 내 의지와 상관없이 다리의 근육은 꿈틀꿈틀 요동을 쳤다. 다리는 점점 말을 듣지 않았지만, 난 온 힘을 다해 걸음을 옮겼다. 그러다 결국 집 앞에 이르러 짚단처럼 힘없이 픽 쓰러졌다. 나는 졸지에 뭍으로 나온 인어공주 신세가 되어 버렸다. 두 다리는 뻣뻣한 채로 아무 감각이 없었다. 그저 성가신 무언가가 달려 있는 느낌이었다.

난 담 밑 풀숲에 꼼짝없이 엎어져 있어야 했다. 한여름 밤, 요란

한 합창이 들려왔다. 미세한 선율의 풀벌레 소리, 시끄럽고 심술이 뚝뚝 묻어나는 개구리 울음소리, 바로 앞 호숫가에서 물고기들이 팔딱팔딱 튀어 오르면서 까부는 소리도 분명히 들었다. '아, 나는 지금 꿈속을 헤매고 있는 걸까? 아니면, 나야말로 이 한여름 밤이 캐스팅한 위대한 마에스트로인가?'

어리석은 나는 내 상태를 금방 현실로 받아들이지 못했다. 그래서일까? 눈물도 나오지 않았다.

달빛은 뿌연 빛에 싸여 점점 더 서쪽으로 이동하고 있었다. 마침내 이슬이 내 몸을 끕끕하게 적셨다. 나는 상처 입은 뱀이었다. 전력을 다했지만 스르르 스르르 부드럽게 기어가기에는 무리였다. 아주 느릿느릿 기었다. 넓은 마당을 힘겹게 횡단하고 계단 2개를 타넘어 무사히 방문 앞까지 올라갔다. 이슬을 머금은 옷은 온통 흙으로 뒤범벅이 되었다. 난 그대로 방에 널브러졌다.

소변이 마려웠다. 그러나 다시 밖으로 나갈 엄두가 나지 않았다. 오줌이 아랫목에 홍건하게 고였다. 그제야 뜨거운 눈물이 나왔다. 그러나 내게는 눈물을 닦아 줄 사람이 단 한 명도 없었다.

당시 내 나이는 열일곱. 그때부터 마흔다섯이 된 지금까지 그동안 단 하루도 그냥 지나간 날이 없었다. 통증은 불행한 환경과 함께 끊임없이 날 괴롭히며 절망 속으로 밀어 넣었다. 난 고통의 바다에서 끝없는 자맥질을 해야 했다. 금방이라도 그 바다에 익사할 듯하다가 다시 솟아 나오길 반복했다. 정말로 다양한 통증이 진절머리 나도록 찾아왔다. 목이 당기면서 뇌가 쫙쫙 조여 들었다. 한없는 고통과 고독의 바다, 사방을 둘러봐도 작은 섬 하나 보이지 않았다. 그래도 나는 일상의 지푸라기를 잡기 위해 분투했다.

그러던 어느 날 밤이었다. 기울어 가는 달이 내 마음에 쏘옥 들어왔다. 나는 달님께 속삭였다.

'내 고통과 고독의 크기도 어느 한계점에 다다르면 줄어들 수 있을까요?'

그 속삭임 이후 나는 통증과 고독을 두려워하지 않게 되었다. 밀려오는 그들을 기꺼이 받아들였다. 심지어 그 맛을 음미하며 빨리 채워지길 기다렸다. 채워지면 비워지겠지, 하는 심정으로. 더 이상 그들에게 성질을 부리지 않았고, 통증이란 놈의 본성을 인정해 주기 시작했다. 그러면서 난 좀더 느긋해지기 시작했고, 〈건강〉이라는 작은 잡지와 《동의보감》에서 읽은 말이 가슴에 와 닿기 시작했다.

'고상 난 몸은 원래의 위치로 돌아가려는 성질이 있다. 내가 느끼는 통증의 강도와 병의 진행 속도가 일치하는 것은 아니다.'

난 자신을 스스로 다스려야 한다는 생각을 하기 시작했다. 그래서 체조를 하기 시작했다. 비록 겉보기엔 단순한 체조지만, 체조는 내 마음을 변화시키기 시작했다. 체조를 하면서 내 의식은 온몸을 샅샅이 훑고, 느끼고, 미지의 땅을 탐험하듯 내 몸을 여행한다. 애

타게 기도하는 마음으로 굳어지는 다리도 쓰다듬고, 외로운 심장 한복판도 돌아본다. 구도자 같은 마음으로 거의 하루도 빠짐없이 5년째 체조를 하고 있다. 그럼에도 여전히 내 반쪽엔 통증이 머물고 있다. 하지만 이제 이들은 뒤엉켜 서로 싸우면서 더 큰 통증을 만들어 내지는 않는다. 통증은 많이 얌전해졌고, 내 의지로 조절하면 일상은 거의 영향을 받지 않는다.

그리고 또 한 가지 다행인 것은, 이제 고독이 내 곁을 떠나고 없다는 사실이다. 통증과 짝지어 오던 고독은 안녕이라는 한마디 인사도 없이 사라졌다. 설령 어느 날 불쑥 다시 찾아온다 해도 이제 더 이상 두려워하지 않을 것이다. 와락 껴안고, 그 차가운 입술에 입맞춤할 수 있을지도 모르겠다.

한줄기 빛을 찾아

김재원_글나라 아동문학연구소 원장

 ··15년 전 겨울, 동지가 막 지난 무렵이었다. 나는 아내와 신불산으로 산행을 나섰다가 길을 잃고 말았다. 막 등산에 취미를 붙여 휴일만 되면 부산 근교의 산을 누비고 다녔는데, 겨우 초보 산꾼을 면한 주제에 새로운 등산로를 개척한답시고 낯선 길로 들어선 게 화근이었다.

신불산은 1,000미터가 넘는 산이었는데, 길이 끊어진 능선에서 우왕좌왕하는 사이에 금세 해가 져버렸다. 순식간에 주위가 어두워지자 겁이 덜컥 났다. 갖고 간 등산 지도는 아무런 도움이 되지 못했다. 휴대폰이 없던 시절이라 구조 요청을 할 방법도 없었다.

아내는 선무당이 사람 잡는다고 잘 알지도 못하면서 산길을 다

꿰고 있다고 잘난 체하더니 어떡할 거냐며 나를 나무랐다. 그러더니 급기야 울기 시작했다. 아내가 울자 난 더 막막해졌다. 산은 어둡고 길은 사라졌다. 손전등도 준비하지 않고 산을 오른 내가 원망스러웠다.

한참 울던 아내는 무턱대고 걷기 시작했다. 나도 서둘러 뒤를 따랐다. 우리가 걸은 것은 길이 아니라 나무가 울창한 숲이었다. 길이 아닌 발밑은 두렵고 조심스러웠지만 멈출 수도 없었다. 그나마 다행인 것은 달빛이 우리를 지키고 있다는 사실이었다. 그 어스름한 달빛마저 없었다면 한 발짝 앞으로 나아가기도 어려웠을 것이다. 우리는 걷고 또 걸었다.

잠시 땀을 닦으면서 시계를 보니 어느새 밤 10시가 다 되었다. 벌써 몇 시간을 산속에서 헤맨 것이었다. 우리는 지쳐서 더 이상 걸을 수가 없었다. 이러다 잘못하면 죽을지도 모른다는 공포감이 엄습해 왔다. 여기서 이대로 죽는구나 싶어 등골이 오싹해졌다.

그때 아내가 배낭에서 마지막 남은 사과 한 개를 꺼냈다. 그걸 반씩 갈라먹으며 서로를 격려했다.

"여보, 반드시 살아날 길이 있을 거요!"

"설마 길이 안 나타나겠소? 우리가 살아오면서 큰 죄 지은 게 없으니 하느님이 도와주리라 믿어요."

그 사과 반쪽은 의외로 큰 힘이 되어 주었다. 우리는 기운을 회

복하고 다시 아래로 내려갔다. 아내와 서로 격려하고 나니 두렵고 떨리던 마음이 조금은 진정이 되었다.

마음이 진정되자 어쩌면 살아 나갈 수 있겠다는 희망이 생겼다.

얼마를 걷다 보니 저 아래 까마득히 먼 곳에서 불빛 반짝이는 것이 보였다.

우리는 죽을 각오를 하고 그 불빛이 있는 곳을 향해 무작정 내려가기로 했다. 산등성이는 점점 가파른 내리막으로 변했다. 발을 잘못 디뎌 넘어지기도 하고 썩은 나뭇가지를 잡았다가 몇 바퀴씩 구르기도 했다. 얼굴과 손에 상처가 나서 쓰라리고 따가웠다.

어둠을 뚫고 나가면서 생각해 보니 살아오는 동안 큰 고비가 참 많았다. 결핵에 걸려 몇 년이나 고생한 일, 교육 대학에 들어가기까지의 삼수 생활, 장장 8시간이나 걸린 대수술, 학교를 내 발로 나와 학원을 차린 일, 세 들었던 학원 건물이 부도가 나서 1억 원을 떼였던 일 등등. 그래도 그 험한 고비를 무사히 다 넘어왔다. 포기하지만 않으면 못 넘을 고비는 없었다.

그로부터 2시간이 넘는 사투 끝에 드디어 마을 앞 도로로 내려섰다. 저 앞에서 빛나는 가로등 불빛을 보는 순간 왈칵 눈물이 쏟아졌다. 결국 길을 찾은 것이다. 길은 늘 그 자리에 있었을 뿐인데 우리가 못 찾고 밤새 헤맨 것이었다.

치매 걸린 예쁜 엄마

박인아_종로구 자원봉사 센터

나는 치매 걸린 어머니를 모시고 사는 직장인이다. 퇴근 후 "엄마" 하고 부르며 대문을 들어서면 엄마는 "앗! 어서 온나" 하며 마치 오랜만에 만나는 사람처럼 "너 혼자 오나?" 하신다. 그러면서 연신 "또 누가 안 오나? 다들 어디 갔나? 니가 내 딸이가? 니 이름이 뭐꼬?" 하고 물으신다. "예, 제가 김숙기 엄마 막내딸 인아입니다"하면 "아~ 그렇구나! 난 김숙기입니다! 쥐띠입니다. 고향은 남해 북섬입니다" 하신다.

엄마와 나는 매일 한두 번, 이렇게 통성명을 주고받는다.

엄마는 부산서 혼자 사셨는데 가스 불에 빈 냄비를 올려놓았다가 불이 날 뻔한 뒤부터 가끔 이상한 행동을 보이셨다. 언니가 몇 개월 모시다가 못 모시겠다고 두 손 들어 하는 수 없이 내가 모신 지 3년 반이 되간다. 나는 직장인인지라 엄마가 혹시 밖에 나갔다가 길을 잃을까 봐 옷가지마다 내 전화번호를 적어 놓고, 그것도 불안해서 수시로 전화를 걸어 엄마가 받나 확인했다. 점심시간이면 집으로 달려와 점심을 차려 드리고, 혼자 나가시지 말라고 간곡히 말씀드리곤 했다.

그러다가 '노인 돌봄이 바우처'를 신청하면서 생활이 좀 편해지고 마음도 놓게 되었다. 아침에 몸을 씻겨 드린 뒤 종이 기저귀 팬티와 바지를 갈아입히고 함께 식사를 마치고 나서 출근하면 12시 정도에 요양 보호사가 방문, 점심을 차려 드리고 말벗도 해주다가 오후 4시에 돌아간다. 잠깐씩 공백이 생기지만 그래도 둘이서 번갈아 모시게 되니 얼마나 고맙고 감사한지 모른다.

퇴근 때마다 나는 시장에 들러 이런저런 물건을 사서 들어간다. 손에 든 물건을 보면 엄마는 "그게 뭐냐"고 묻는다. 엄마가 관심을 보이는 게 기뻐 나는 "누가 엄마 드리라고 주던데요" 하고 웃으며 대답한다. 엄마는 즉각 "누가?" 하고 묻고, 나는 "엄마 아시는 분인가 봐요" 해놓고 뒤이어 "울 엄마 인기 많으시네" 한다. 그러면 엄마는 "고맙다고 하지" 하면서 좋아하시고 나는 "예, 고맙다고 인사했어요" 대답한다. 엄마는 소녀처럼 마냥 좋아하신다.

우리는 매일 저녁 사이좋은 모녀처럼 이런저런 이야기로 꽃을 피운다. 어떤 날은 둘이서 같은 노래를 열 번도 넘게 부를 때도 있다. 치매는 무슨 일이든 금방 잊어버리고 또 반복하는 게 특징이니까. 상황이야 어떻든 엄마를 즐겁게 해드리는 것이 내 일이다. 엄마는 예쁘게 치매에 걸린 귀여운 할머니니까. 난 어머니한테서 지금도 많은 것을 배운다. 어머니는 단 한 번도 부정적인 말씀을 한적 없고 늘 긍정적이다. 자식 중에 누가 가장 보고 싶냐 물으면 막내아들이 보고 싶으면서도 누구라고 절대로 말하는 법도 없다.

비록 치매에 걸렸어도 엄마라는 존재가 곁에 계시기에 나는 정말 든든하다. 엄마는 갈수록 증세가 심해져 현재는 잘 걷지도 못하고, 기어 다니며 혼자서 중얼거리고 환청도 듣는 눈치다. 치아가모두 마모됐기에 음식도 가위로 자르거나 갈아 드리는데 빨리 드시기 때문인지 잘 체한다. 그럼에도 어머니는 어떤 음식을 먹든 적게 드시고 고맙단 인사 또한 빼놓지 않는다. 이만하면 귀여운 엄마, 예쁜 치매라고 부르기에 충분하지 않을까?

엄마는 매일 보따리 하나를 묶었다 풀었다 하시며 언제든 떠날차비를 꾸리신다. 어떤 날엔 신발까지 신고 버스를 기다리는 사람처럼 소파에 우두커니 앉아 있기도 한다. 그럴 땐 다리가 아파 잘걷지 못한다는 사실이 다행이라 느껴지기도 한다. 혼자 밖으로 나가 어디든 훌쩍 떠나 버리실까 봐 그만큼 걱정이 되는 것이다.

엄마를 보니 늙으면 아이로 돌아간다는 말을 새삼 실감난다. 엄

마는 밤에도 주무시지 않고 부스럭거리다가 온 방에 불을 켜놓고 물건을 어지른다. 출근할 일을 생각하면 짜증이 나다가도 내일 치우면 되지, 하고 어릴 적 철부지인 나를 어르던 엄마 손길을 생각하며 엄마를 한번 힘껏 껴안아 드리는 것으로 하루를 내일로 넘긴다.

아침에 엄마랑 눈이 마주치면 나는 언제나 활짝 웃는다.

웃음은 전염된다. 예쁘게 치매 걸린 우리 어머니 또한 웃음으로 답한다.

절망이 나를 키웠습니다

열 번 찍어 안 넘어가는 나무는 너무 많다

최수부_광동제약 대표이사

･･･1936년 일본 규슈에서 태어난 나의 학교생활은 고통의 연속이었다. 조센징으로 놀림을 받았기 때문이다. 일본인에게 당하는 이지메를 도저히 참을 수 없어 어느 날은 쇠가죽으로 만든 단단한 검도 호신 도구 2개를 골라 가방에 넣어 가지고 기 녀석들을 혼내 줬지만 그날 오후 아버지가 학교에 불려 갔고 나는 바로 퇴학을 당했다. 내 나이 10살, 소학교 3학년 1학기 때였다.

해방 직후 일본 생활을 정리한 부모를 따라 한국으로 건너와 외가가 있는 경북 달성에 정착했지만 귀국 직후 사업에 손을 댄 아버지는 불과 1년 만에 사기를 당해 모든 재산을 탕진해 버렸다. 아버지가 병석에 눕자 나는 12살에 학교를 그만두고 어머니를 도와 생계를 책임져야 했다. 할 수 있는 일이 아무것도 없었기에 산에서 땔감을 마련하여 시장에 내다 파는 일부터 했고 엿장사도 했다. 내 학교생활은 그렇게 끝이 났다. 일본 소학교 2년, 한국 소학교 2년 그렇게 4년이었다. 어쩌면 남들이 내게 말하는 초등학교 4학년 중퇴라는 말도 과분한 셈이다.

12살에 처음으로 시장에 나선 나는 군 입대 전까지 온갖 장사를 하며 사업 수완을 익혔다. 제대 후 얻은 첫 직장인 제약 회사에서 '경옥고' 외판원 경험을 쌓고 3년 동안 모은 300만 환을 종잣돈으로 드디어 1963년에 창업을 했다. 용산구 서빙고동에 대지 87평, 건평 30평짜리 집을 산 뒤 뒷마당에 가건물을 짓고, 경옥고를 다릴 수 있는 가마를 설치했다. 그것이 광동제약의 첫발이다.

그러나 광동제약도 가뜩이나 어려웠던 IMF 때 경쟁사와의 청심환 출혈 과다 경쟁까지 겹치면서 1998년 4월에 1차 부도를 맞았다. 2차 부도를 막아 회사의 부도 위기는 벗어났으나 심각한 후유증이 기다리고 있었다. 그것은 바로 내가 그동안 최우선으로 여기던 신용을 잃은 것이다.

실제로 부도설이 나돌면서 회사 이미지는 크게 실추되었고, 그것은 가히 치명적이었다. 부도 위기 이후 원료를 공급하던 거래처들이 현금을 지불하지 않으면 물건을 주지 않았기 때문이다. 영업

사원을 대하는 약사들의 태도도 예전 같지 않았고, 업계나 재계에서 바라보는 시각도 예사롭지 않았다. 40년 가까이 쌓아 온 광동제약의 신뢰에 금이 가는 소리가 여기저기서 들렸다. 이때 발 벗고 나선 것이 직원들이었다.

가까스로 부도 위기를 넘긴 1998년 5월, 노동조합은 전 사원의 1998년 분 상여금을 전액 반납하기로 결의했다. 직원들의 결의를 들은 나 역시 가만히 있지 않았다.

보유하고 있던 대표이사 주식 10만 주를 직원들에게 무상으로 양도했다. 각계에서 신선한 충격이라고 소식을 전했지만 남에게 칭찬을 듣고자 한 일이 아니었다. 광동제약을 키워 온 힘은 모든 임직원들에게서 나온 것이고, 내가 직원들보다 더 많이 가진 부분을 나누는 것은 지극히 당연하다 판단했기 때문에 아주 자연스러운 일이었다.

직원들은 주식 양도에 곧바로 화답해 주었다. 바로 다음 달인 6월에 노사발전추진위원회를 만들어 상호 이해와 협력을 바탕으로 하는 '광동제약 신 노사문화'를 만드는 데 앞장서 주었으며, 자발적인 회사 살리기 운동의 일환으로 '30분 일찍 출근과 30분 일 더하기 운동', '연장 수당 반납 운동' 등의 캠페인을 전개하여 생산성 향상과 재무 구조 개선에 큰 도움을 주었다.

이 같은 노력에 힘입어 광동제약은 부도 위기에까지 몰렸던 어려움을 말끔히 털어 내고 새로운 21세기를 맞을 수 있었다.

2000년에는 1998년과 1999년에 직원들이 자진해서 반납했던 상여금 전액을 지급하기도 했다. 위기를 극복한 덕분에 2000년도에 들어와 '비타500', '옥수수수염차' 등 히트 상품을 2개나 만들어 새로운 도약의 발판을 만들어 낼 수 있었다.

사람은 위기를 겪지 않은 채 평생을 살 수 없고, 기업은 경영의 어려움 없이 운영될 수 없다. 국가 또한 시련 없이 항상 태평성대太平聖代를 구가할 수는 없다. 중요한 것은 어려움을 어떻게 극복했으며, 위기를 통해 어떤 교훈을 얻었느냐 하는 점이다. 역사를 통해 교훈을 얻고, 그 교훈을 바탕으로 다가올 시련을 이겨 내는 것은 한 가정이나 기업이나 국가도 다를 바 없다.

사람이 돈을 잃으면 조금 잃은 것이요, 명예를 잃으면 많이 잃은 것이요, 건강을 잃으면 다 잃은 것이라는 선인의 말씀이 있다. 나는 이 말을 이렇게 바꾸고 사업을 해왔다. '사업가가 돈을 잃으면 조금 잃은 것이요, 명예와 건강을 잃으면 많이 잃은 것이요, 신용을 잃으면 다 잃은 것이다. 반대로 사업가가 돈을 얻으면 조금 얻은 것이요, 명예를 얻으면 많이 얻은 것이요, 신용을 얻으면 모든 것을 다 얻은 것이다.' 나는 이 3가지 비결을 가슴에 새기고 지금까지 사업을 해왔고 직원들에게 말한다.

45년 동안 기업을 해오면서 내가 느낀 것은 '열 번 찍어 안 넘어

가는 나무는 너무 많다'였다. 그러나 그것은 혼자서 행동할 때 이다. 여럿이 함께 찍으면 열 번이라는 숫자도 엄청 많다. 경제가 어렵고 매출이 줄어 회사가 어려워질 때에는 무엇보다 경영자와 직원, 회사와 협력 업체, 회사와 고객과의 신용이 무엇보다 중요하다. 서로 신용하고 화합하면 어떠한 난관도 헤쳐나갈 수 있다.

금 간 정강이뼈가 준 교훈

강수진_발레리나

제게는 발레가 전부이고, 그것을 다 빼앗길 것 같은 시련이 여러 번 있었습니다. 그런 시기를 저는 '블랙홀'이라고 부릅니다. 스티븐 호킹이 말한 그 블랙홀 말입니다. 그 어두운 구멍으로 빨려 들어가면 다시는 나오지 못할 것 같은 공포 때문입니다. 최악의 블랙홀은 1999년 9월에 찾아왔습니다. 그 블랙홀은 결국 저를 무대에서 끌어내렸습니다.

운명은 얄궂지요. 그해 봄 저는 발레리나 최고의 영예인 '베누아 드 라 당스Benois de la Danse' 여성 무용수 상을 받았습니다. 그 영예를 안고 첫 해외 공연을 앞두고 있을 때 걷기도 힘들 정도의 통증이 찾아온 겁니다. 의사가 말했습니다.

"이렇게 되도록 어떻게 참았습니까. 다시는 무대에 설 수 없을 지도 모릅니다."

제 왼쪽 정강이뼈를 촬영한 사진이 앞에 있었습니다. 선명한 금이 보였습니다. 1995년 다쳤던 부위인데 대수롭지 않게 여겼고, 또 발레에 매진해야 할 시기에 쉰다는 것을 스스로 용납할 수 없었습니다. 치료를 미룬 채 춤을 추다 병을 키운 것이지요.

힘들 때는 아무것도 보이지 않습니다. 부상으로 춤을 못 추는 시간 동안 '무대로 다시 돌아오기는 어렵겠구나'라는 자포자기의 마음이 커져 갔습니다. 옆에서 사람들은 "희망을 가지라"고 숱하게 말해 주었지만 귀에 잘 들어오지 않았습니다. 그런데 이상하게도 "포기하지 마라"는 말은 크게 들렸습니다. 그렇게 말해 준 사람이 지금의 남편입니다. 정신이 번쩍 났습니다. 반짝 빛났다가 금방 사라지는 발레리나는 되고 싶지 않았습니다. 저는 미용실에 가서 머리카락부터 잘랐습니다. 재기의 결심을 한 것이지요.

시간은 아주 오래 걸렸습니다. 발레를 배운 뒤 1년 이상 쉰 것은 그때가 처음이었고 또 마지막이길 원합니다. 어떤 외부 요인으로 블랙홀에 빨려 들어갔든지 간에 사람을 정말로 주저앉히는 것은 자기 자신인 것 같습니다. 아마 그때 제게 포기하지 말아야겠다는 의지와 인내심이 없었다면 다시 돌아오지 못했을 것입니다.

마침내 저는 2000년 11월 〈로미오와 줄리엣〉으로 복귀했습니다. 첫 공연이 끝나고 관객의 박수를 받는 순간 저는 블랙홀에서 빠져나왔다는 것을 실감했습니다.

지금 제 몸에서 제가 가장 믿는 게 어딘 줄 아세요? 왼쪽 정강이뼈입니다. 뼈가 더 강해졌는지 다시는 깨질 수 없는 곳처럼 느낄 정도입니다. 다른 어떤 부분보다 튼튼하지요. 정강이뼈는 제게 견디면 더 강해진다는 믿음을 주었습니다. 그 시련은 제게 마이너스가 아닌 플러스로 남았습니다.

지금 제가 있는 독일을 비롯해 유럽도 경제가 안 좋습니다. 그러나 사람은 살게 마련이잖습니까. 시간이 약입니다. '포기하지 말자', '괜찮아질 것이다'라는 희망을 품고 있으면 블랙홀에서 나올 수 있습니다. 적어도 제 경험으로는 그렇습니다.

1982년 중학교 때 유학을 간 모나코 왕립발레학교에서 그랬고, 1986년 독일 슈투트가르트 발레단에 입단하고 적응하지 못해 울던 때도 마찬가지였습니다.

사람은 살게 마련이라고 저는 늘 말합니다. 발레와 삶은 다르지만 정신적인 측면은 비슷한 것 같습니다. 금 간 정강이뼈가 제게 알려 준 작은 교훈을 이제 여러분께 드립니다. 포기하지 마세요. 포기하지 마세요.

힘들 때는 아무것도 보이지 않습니다.
부상으로 춤을 못 추는 시간 동안
'무대로 다시 돌아오기는 어렵겠구나'라는
자포자기의 마음이 커져 갔습니다.
옆에서 사람들은 "희망을 가지라"고 숱하게 말해 주었지만
귀에 잘 들어오지 않았습니다.
그런데 이상하게도 "포기하지 마라"는 말은 크게 들렸습니다.

역경을 영광으로 꽃피우는 지혜

김문수_경기도지사

··· 링컨이 노예를 해방한 지 145년 만에 흑인인 버락 오바마가 제44대 미국 대통령이 되었습니다. 당선 뒤 그는 순식간에 세계인의 아이콘으로 자리 잡았습니다. 오바마가 흑인이 아니었다면, 우리가 지금처럼 감동할 수 있을까요? 부모의 이혼과 어머니의 재혼, 외할머니 품에서 자랐던 성장기, 흑인에 대한 사회적 차별, 마약에 손을 댔던 청소년기 등 시련을 꿈과 희망으로 극복한 인생 역정이 아니었다면, 우리가 이처럼 감동받을 수 있을까요?

1816년 부모님의 파산으로 이주, 1818년 어머니 사망, 1831년 사업 실패, 1832년 주 의원 낙선, 1833년 사업 실패, 1835년 약혼녀

사망, 신경 쇠약으로 입원, 1843, 1848, 1850년 세 차례의 하원 의원 낙선, 1854, 1858년 두 차례 상원 의원 낙선……. 미국 최고의 대통령이라 불리는 제16대 미합중국 대통령 에이브러햄 링컨의 이력입니다. 수많은 실패와 역경에서도 좌절하지 않고 일어섰기에 오랜 세월이 지난 뒤에도 그의 삶은 별처럼 빛나는 것일 테지요.

IMF를 극복한 지 불과 10여 년 만에 우리 경제는 또다시 시험대 위에 서 있습니다. 경제가 너무 어렵다 보니 만나는 사람마다 "살기가 힘들다"고 하소연합니다. 건실하던 기업은 자금 압박에 시달리다 부도가 나고, 노동자의 임금은 밀리고, 가정은 파탄 나고, 부부 싸움으로 집에 불을 지르는가 하면 자살 소동에 119 전화가 불이 난다고 합니다.

얼마 전 일입니다. 중소기업인 체육 대회에서 인사말을 하게 되었는데 딱히 위로할 말이 없었습니다. 그래서 고민한 끝에 "끝까지 희망과 용기를 잃지 마시고 정 어려우면 경기도로 오십시오. 아무리 힘들어도 가족은 경기도가 책임지고 돌봐 드리겠습니다"라고 했더니 여기저기서 사람들이 웅성거리더군요.

경기도는 경제난 때문에 위기를 맞은 가정을 돕기 위해 '위기 가정 무한 돌봄' 사업을 펼치고 있습니다. 어렵고 힘든 시기일수록 가정의 의미가 얼마나 큰지 누구보다 잘 알기 때문입니다. 그래서 모두가 힘든 시기지만 경기도에서 도민들에게 조금이나마 힘을 보태자는 의미로 벌인 사업이지요.

저는 1986년 5월 3일 인천에서 있었던 직선제 개헌 투쟁에서 4시간 동안 데모한 죄로 무려 2년 5개월이나 옥살이를 했습니다. 보안사 분실로 끌려가는 도중에 죽을 만큼 맞았고 그러고도 열흘이나 더 전기 고문, 고춧가루 물고문, 몽둥이찜질 등 갖은 고문을 받았습니다. 감옥에서는 많은 시간을 징벌방에서 보냈습니다. 독방에서의 징벌은 이루 말할 수 없는 고통이었습니다. 죽으려고 발버둥 쳐도 죽지 못하게 방성구를 씌우고, 방충벽까지 쳐놓았습니다. 뺑끼통이라고 부르는 둥그란 드럼통에다 덮개도 없이 대소변을 담아 두었으니 코를 찌르는 냄새 또한 견디기 힘든 고통이었습니다.

그때 저에게 희망이 된 것은 아내의 면회였습니다. 햇빛도 없는 징벌방에서, 교도관이 전하는 "야! 김문수. 너, 부인이 면회 왔다 갔다"는 말 한마디에 한줄기 희망이 보였습니다. 징벌 중이어서 면회가 금지돼 아내를 만날 수는 없었지만, 저 바깥세상에 '나를 기억하고 기다려 주는 사람이 있구나'라는 한줄기 희망의 끈을 잡고 2년 5개월을 버틸 수 있었습니다.

지금은 참으로 어려운 시기입니다. 하지만 어둠이 짙을수록 하늘의 별이 더 빛나는 것처럼, 역경과 절망 속에서도 희망과 용기를 잃지 않으면 빛나는 성취를 이룰 수 있습니다. 훌륭한 사람은 남들이 불가능하다고 생각하는 곳에서 희망을 찾아냅니다. 진흙탕에서 연꽃이 피어나듯, 역경을 영광으로 꽃피우는 사람이 진정한 영웅입니다. 우리 다 함께 서로 돕고, 힘과 지혜를 모아 위기를 극복하여 빛나는 대한민국의 미래를 만들어 갑시다.

인생이 멋진 이유는
꿈이 현실 될 수 있기 때문

고정일_동서문화사 대표

"……그까짓 부귀영화 무엇에 쓰랴, 사나이 일생을 하늘에 건다."

쟈니 브라더스의 〈빨간 마후라〉. 노래가 끝나자 한운사 선생이 마이크 앞에 섰다.

"참 한창 일할 좋은 나이들이군."

장내는 웃음바다.

"그런데, 우리는 묘한 민족이란 말이야. 일제 강점기, 해방, 전쟁, 혁명 그 질곡의 세월을 용케도 잘 이겨 냈어. 지금 금융 쓰나미니, 경제 파탄 어쩌구 하는데, 까짓 거 지난 어려운 날들에 비하면 별거 아냐. 암, 너끈히 이겨 내고 말 거야. 우리도 한번 잘 살아 보자는 꿈이 있잖아. 백낙청 교수, 내 말이 맞지요?"

박수와 환호성. 모두들 격동의 시대를 헤쳐 온 70대 중반_{경기 51} _회, 2008년 송년회장이다.

그 격랑의 날들을 돌아본다. 중공군 백만 명이 쳐 내려온 혹한의 그해 겨울 1·4 후퇴. 어머니와 두 동생 그리고 11살 나는 꽁꽁 언 한강을 걸어 피란길을 떠났다. 눈보라 속 헤매며 신갈 새말에 이르니, 중공군이 앞을 막아 남쪽으로 갈 수 없었다. 새말에서 중공군 포로가 되어 김일성 장군가를 배우며 하루하루를 보냈다. 그날 1월 25일. 그 밤은 온통 핏빛으로 물들었다. 하늘땅을 뒤흔드는 굉음, 쇳소리 같은 큰 울림이 고막을 때린다. 어마어마한 섬광. 깨질 듯 머리가 아팠다. 어둠 속은 비명과 신음뿐. 흙덩이가 와르르 와르르 몸 위로 쏟아져 내린다. 매캐한 연기, 흙먼지가 입속 콧속으로 스며든다.

'어머니! 어머니!'

심장만 팔딱댈 뿐 소리는 입 밖으로 나오질 않았다. 어머니와 동생들을 찾으러 더듬거렸다. 잡히는 것이라고는 무너져 내린 대들보와 서까래, 그리고 흙덩이뿐이었다. 온몸을 덮어 누른 나무 기둥들을 가까스로 밀치고 서까래를 헤치며 기어 나왔다. 마을이 불타고 있었다. 여기저기서 울부짖는 소리가 들려왔다. 미군 P-51 무스탕, 소련 야크 9 전투기들이 번갈아 날아와 떨어뜨리는 폭탄들이 사방을 대낮같이 밝혔다. 고막을 찢을 듯한 굉음, 사람들의 비명. 포탄이 쇳소리를 울리며 날아와 작렬할 때마다 하늘과 땅이 요동쳤다. 날이 샐 무렵에야 미소 전폭기들은 돌아갔다. 안개인지 포연인지 분간조차 하지 못할 회색 장막이 천천히 걷혀 갔다. 목탄처럼 검게 그을린 몸뚱이들이 조각조각 찢긴 채 여기저기 드러났다. 건이의 조그만 몸은 흥건한 피 벌창 속에 창자가 밖으로 튀어나오고 한쪽 다리는 떨어져 나갔다. 그 옆에는 대들보에 가슴이 짓눌려 피범벅이 된 어머니가 숨져 있다. 겸이도 그 밑에 깔려 죽어 있었다. 나는 울부짖었다. 그러나 칼로 목구멍을 저미는 듯 통증만 느껴질 뿐 소리가 되어 나오지 않았다. 귓속에서 윙윙거리는 금속성 소리가 가까워졌다 멀어졌다 한다. 건넌방 현진네 식구들 시신 조각들이 주변 구덩이에 널려 있었다. 또다시 전폭기들이 날아와 폭탄을 거듭 떨어뜨리자 마을은 순식간에 불바다가 되었다.

서서히 아침 햇살이 퍼져 왔다. 새말에는 50여 채 가옥에 피란민만 해도 200여 명이 넘었다. 그중 살아서 집 밖으로 나온 사람은 아이들까지 스물대여섯에 지나지 않았다. 우리 일행 일곱 가운데에서도 나 하나만 목숨을 부지하고 모두 죽었다. 중공군 인민군들은 서울 쪽으로 물러갔다. 전장에서 미군 부대 꿀꿀이죽을 얻어먹으며 고아 생활 한 달 남짓, 3월 초 길이 뚫리자 오산 망월리 외갓집으로 내달렸다. 외할머니와 나는 부둥켜안고 울부짖을 뿐이었다. 이튿날 아침 새말에 가서 어머니와 두 동생 뼈를 추려 가지고 오는 길, 산등성 여기저기 눈 속에 분홍 진달래꽃들이 서럽게 피어 있었다.

서울로 돌아오면서 수원에서 발행하는 전시판 〈조선일보〉 사동일을 하고, 영등포에서 양담배를 팔았다. 어느 날 마포로 건너가는 배가 있어, 팔던 양담배를 몽땅 주고 억수비 몰아치는 어둠 속 목숨 건 도강을 했다. 안암동 집에 돌아온 뒤, 오직 절망에서 희망을 찾는 길은 독서였다. 신문 팔아 돈 벌면 끼니도 거르며 종로 영창서관으로 달려갔다. 어느 날 책방 할아버지가 불쑥 물었다.

"책이 그렇게 좋으냐?"

"네."

"그럼, 여기서 일해 보지 않으련?"

영창서관 사동이 된 그때 내 나이 12살. 책을 마음껏 읽고 출판 일도 배우게 되었다. 장복한 할아버지는 평생 책과 함께 살 길을 열어 주신 스승이었다.

1956년 동서문화사를 차려 세네카 《지혜와 사랑》을 첫 출판, 이어 1,000만 부 베스트셀러 《대망》으로 한국출판사상 공전의 대성공을 거두었다. 나는 '앎의 즐거움'을 출판 지표로 세우고 《한국세계문학전집》, 《GREAT BOOKS》, 《딱다구리문고》 등 3천여 종 인문·사회·아동서를 출판했다. 〈한국출판문화상〉, 〈국제펜클럽상〉,

조선일보대상을 받았다. 주위 반대를 무릅쓰고 20년 갈고 심혈 바쳐 2000년 남북한 통일《파스칼세계대백과사전》총 31권을 완간해 냈다.

지난 삶들 얼마나 고달팠던가. 사흘 굶고 난 뒤, 술도가에 가서 술지게미 얻어다 사카린 넣고 끓여, 온 식구들이 끼니를 때운 적이 있었다. 모두 얼굴이 벌게져, 3살짜리 막내까지 곤드레만드레였다. 양말 한 짝 없어 짝짝이라도 기워 신어야 했고 그마저 없으면 엄동설한 맨발로 다니다 동상으로 고통당해야 했다. 그 무렵 나는 괴로우면, 한겨울에도 의연한 플라타너스를 바라보며 마음을 추스렀다. 낙엽 져 알몸에 서리 내리고 눈 덮여 혹한이 불어쳐도, 나무는 대지에 뿌리를 박고 단물 흐르는 봄을 꿈꾼다. 그렇게 온갖 시련을 이겨 내는 나무, 그 무성한 가지마다 내 삶의 열매가 가득 달린 '꿈이 열리는 책나무'가 나의 소망이 아니었던가 싶다.

그해 겨울 청계천 오간수다리 위에서 간드레 불 피우고 책 좌판을 할 때, 영하 15도, 손발 시리고 온몸 덜덜 떨려 눈물은 뺨에 얼어붙는다. 당장 때려치우고 어디론가 도망쳐 버리고 싶었다. 나는 나도 모르게 흐느껴 울고 있었다. 그때 단골손님이었던 선우휘 대령이 나타나 내게 던진 질타가 지금도 귓전에 울려온다.

"사나이는 언젠가 한번 크게 울 때가 있는 법. 결코 남 보는 앞에서 찔찔 눈물 흘리는 게 아니다. 꿈을 가지면, 어떤 어려움도 이겨 낼 수 있는 거야. 꼭 그 꿈을 이룰 날이 오고야 만다."

나는 감동했다. 그 인연으로 〈조선일보〉 주필이 된 선우휘 그리고 김동리, 황순원, 백철, 김성한 선생과 함께 〈동인문학상〉을 10년간 운영하며 조세희, 오정희, 전상국, 이문열, 정소성 등을 배출한다. 인생은 풀과 같은 것일까. 들에 핀 풀꽃처럼 한번 피었다가 마른 바람결에도 이내 사그라져 그 있던 자리조차 알 수 없는 것인가. 그래도 인생이 멋진 이유는 꿈이 현실이 될 수 있기 때문 아닐까.

어려움은 신이 내린 위장된 축복

박성수_이랜드 그룹 회장

••• 내 인생에서는 기억할 만한 세 번의 어려움이 있었다. 하지만 당시에는 견디기 쉽지 않았던 그 어려움이 지금의 나와 오늘의 우리 회사를 만든 중요한 경험이 되었다.

고3 때 좋은 성적을 얻지 못한 나는 하향 지원한 대학에 다니게 되었다. 당시 나는 좌절했지만 오랜 시간이 지난 다음에 보니 입시 실패가 내 인생에서 중요한 성공이었다는 것을 알게 됐다. 대학에서 만난 친구를 따라 나갔던 교회에서 인생의 스승을 만났고, 내 성공관이 남을 추월하고 내 목표를 이루는 것으로부터 내게 주어진 신의 뜻을 이루고 타인과 사회를 이롭게 하는 것으로 바뀌게 되었기 때문이다. 그 스승은 지금은 기독교계의 큰 별이 되신 옥한흠 목사님이다. 나는 대입 실패를 통해 내 인생을 바꿀 멋진 만남을 갖게 된 것이다.

두 번째 사건은 대학 후반기 때 얻은 근육 무력증이라는 희귀하고 치료가 어려운 병을 만난 것이었다. 연필조차 무거워 들기 어렵고 이불도 무거워 덮기 어려운 병이었는데 나중에는 의자에 앉아 있는 것도 힘들어 낮 시간도 누워 지내게 되었다. 학교를 가야 하는 날에는 1시간에 한 잔씩 하루 10잔 이상의 커피를 먹어 각성 효과를 통해 신체의 긴장을 유지했다.

나는 몇 년을 누워 지내야 했고 아무런 희망도 없이 절망 속에서 하루하루 인생을 보냈다. 그 어려운 시절 나는 신께 매달려 부지런히 내 병을 낫게 해달라고 기도했다. 낫게만 해주신다면 정말 열심히 살아 보겠다고 기도를 드렸다. 그리고 28세 때 기적적으로 자리를 털고 일어날 수 있었다. 취업에 나이 제한이 있던 때라 나는 친구들처럼 대기업에 다닐 기회를 얻지 못하고 조그만 옷가게를 시작했고, 그 작은 시작이 지금 우리 회사의 출발이었다.

내가 만약 아프지 않아 제때 대기업에 취업했다면 지금 내 인생은 어떠할까 생각해 본 적이 있다. 아마 유명 기업의 중역쯤 되어 있지 않았을까? 그 길도 의미가 있겠지만 30대 그룹에 이름을 올리고 연매출 8조에 직원 3만 명과 운명을 함께하는 현재의 나는 없었을 것이다.

세 번째 경험은 10여 년 전에 있었던 외환 위기다. 30대 그룹 중 절반이 없어지고 1980년 이후 세워진 수십 개의 중견 기업 중 우리와 또 다른 한 회사 단 2개만이 살아남은 정말 힘든 시기였다. 어려움이 절정에 달했던 어느 토요일을 나는 지금도 잊지 못한다.

자금 담당 중역이 다음 주에 주거래 은행이 부도를 낸다고 피신을 권유하였다. 흑자였지만 모든 것을 처분한 이후에도 유동성 때문에 코너에 몰린 것이다. 나는 쉽게 대답하지 못하고 다음 날 교회 예배에 참석했다. 옥한흠 목사님께서는 설교 중에 헬렌 켈러 이야기를 전해 주셨다. '하나님은 앞문이 막히고 옆문이 막히고 뒷문이 막혔을 때 하늘 문을 여신다.'

나는 자리를 지키기로 결심했다. 놀랍게도 은행조차 구하기 어려웠던 외국인 투자자의 투자가 그 주에 들어왔고 은행은 바로 문

'어려움은 신이 내린 위장된 축복'일 수도 있다.
역경을 딛고 일어서는 자에게 인생은 다음 단계의 지평을 열어 준다.

을 열어 주었다. 이 외환 위기의 어려움은 나중에 우리 회사에 2가지 도움을 주었다. 하나는 지식 경영을 도입하는 계기가 돼 선두 기업으로 여러 상을 받게 된 것이고, 다른 하나는 월가의 투자자와 함께한 몇 년 동안 월가의 지식과 M&A에 대해 학습하는 중요한 기회가 되었다는 것이다.

지금은 너나 할 것 없이 힘든 시기다. 이 어려움의 앞면만을 보고 좌절한다면 우리는 인생의 패배자가 될 것이다. '어려움은 신이 내린 위장된 축복'일 수도 있다. 역경을 딛고 일어서는 자에게 인생은 다음 단계의 지평을 열어 준다. 어려움을 극복하지 못한 사람에게 인생이 기회를 주는 법은 없다.

'유능한 뱃사공은 바람과 파도를 이용한다.'

내가 힘들 때마다 늘 되새기는 말이다.

빨간 내복 입어 보는 게 소원

이해득_KT 광화문 고객 컨설팅부 과장

1972년 4월 12일, 수원신풍국민학교 5학년 3반, 나를 포함하여 한 반 인원이 73명인 교실은 말 그대로 콩나물시루였다. 전기도 안 들어오던 시골에서 도회지로 전학 온 촌뜨기 소녀가 낯선 얼굴들과 어색한 첫 만남을 가진 날은 하필이면 3월 말 일제고사를 보던 날이었다.

집안 사정상, 시골 국민학교에서 4학년까지 마치고 올라왔지만 아직 거처할 한 칸짜리 월세방 마련도 못한 엄마의 늦은 전학 절차로 한 달여를 외할머니 밑에서 눈칫밥을 먹다가 가게 된 학교였다.

50대의 연세 지긋한 남자 담임선생님은 한 달을 놀다 온 아이의 학력을 테스트하기 위해 같이 시험을 보라고 하셨고, 73명 중 8등이라는 성적에 안심을 하셨는지 그날부터 같이 수업을 받게 되었다. 환경이 사람을 만든다고, 난 다른 아이들보다 왠지 어른스러웠고, 선생님으로부터 늘 침착하다는 칭찬을 들었다. 민방위 훈련이 있을 때면 아이들을 모아 놓고, 전쟁 나면 다른 사람은 다 죽어도 나만큼은 침착해서 살아남을 거라는 말씀까지 하실 정도였다.

아버지 없이 혼자 꾸려 나가는 궁색한 살림으로는 맏딸을 중학교에 보낼 형편이 안 되자, 엄마는 나한테 공장에 들어가서 엄마 좀 도와 달라고 하셨다. 그러다 얼마 후 이러지도 저러지도 못하던 나에게, 엄마는 단추 3개가 다 짝짝이인 허옇게 빛바랜 교복을 가져와 맞는지 입어 보라고 하셨다. 담임선생님과 주위 사람들의 권유로 중학교만큼은 보내야겠다는 생각에 누가 입던 교복을 얻어 오신 것이다.

눈치가 빠한 맏딸은 겨울 방학 동안 뭐라도 해야겠다는 생각에 엄마한테 300원을 빌려 시장 근처 골목에 사과 궤짝을 갖다 놓고 딜고나 뽑기 상사를 시작했다. 처음엔 다른 가게보다 노하우가 딸려 설탕을 태워 먹기 일쑤였다. 그러다 알루미늄 국자보다는 동판으로 만든 국자가 열전도율이 낮다는 것을 깨닫고 동판 국자로 바꾼 날부터 내 가게는 금세 아이들로 바글바글했다. 박리다매로 다른 집보다 뽑기가 수월하게 눈사람 목을 넓혀 찍어 주다 보니 아이들이 몰리는 것은 당연했다. 그나마도 처마 끝 고드름이 녹아내리는 오후엔 어쩔 수 없이 좌판을 걷어 치워야 했다. 추운 겨울, 그 당시 흔한 엑스란 빨간 내복 한번 입어 보는 것이 소원일 정도로 가난하기만 했다.

고등학교는 그 당시 수원에서 명문인 수원여고에 합격을 했다. 합격자 발표 날 다른 친구들은 부모님과 함께 와서 축하와 환호성을 지르는데, 나는 혼자였다. 엄마에게 합격 소식을 알려 드리자 "오늘 아침 그것도 모르고 미역국 끓여 줬는데 붙었다고?"라며 좋아하기보다는 등록금 걱정에 한숨부터 쉬어 댔다.

고등학교에 진학하고 나서도 여전히 겨울은 돌아왔다. 겨울 방학이 되자 오빠 직장에 와서 같이 일하시는 분들 밥을 해드리며 겨울을 나라는 연락이 왔다. 뽑기 장사보다는 훨씬 수월하겠다 싶어, 서울로 올라와 겨우내 식모살이를 시작했다. 건물 옥상 한구석에 석유곤로를 갖다 놓고 밥을 해먹는데, 30와트짜리 백열등으로는 깜깜한 새벽어둠을 밝히기엔 턱없이 부족했다. 무엇보다 소리가 웅웅 울리는 물탱크가 있는 주방은 너무 어둡고 무서웠다. 그곳에서 호호 손을 불어 가며 새벽밥을 하기가 죽기보다 싫었지만, 등록금 생각에 찍소리 한 번 않고 지냈다.

한 달 남짓 식모살이를 끝내고 집에 돌아와 구정 명절이 돌아오면 방앗간을 하는 외갓집 추녀 끝에 후추 기계를 갖다 놓고 명절 가래떡 손님을 대상으로 후추를 갈아 팔았다. 다른 집보다 한 번 더 갈아 곱게 만들다 보니, 당연 방앗간에 오는 가래떡 손님들을 다 잡을 수가 있어, 설빔으로 엄마와 동생들 내복, 운동화까지 살 수 있었다.

다른 친구들은 대학 입학하던 1980년 3월 3일, 속기 학원에 등록하여 1년 동안 죽기 살기로 한 결과, '1급 속기사 전국 1등'으로 합격하여 서울시청 인사과, 공무원으로서 당당히 첫발을 들여 놓았다. 특유의 밝은 성격과 명랑함으로 주위 선배님과 동료들로부터 넘치는 사랑을 받다가 만 4년 뒤 서울올림픽 조직위원회에 특채가 되어 속기사로서의 제2인생을 살게 되었다.

주위에서 소개해 주는 조건 좋은 사람 다 마다하고, 가진 것이라곤 퇴근 후 아무리 늦어도 얼굴 한번 보고 가야 한다는 열정 하나뿐인 남자를 만나 1986년에 결혼했다.

올림픽이 끝난 후 난 KT로 회사를 옮겼다. 그러나 아들 둘 낳고 살면서 씩씩한 마누라 하나만 믿고 어렵사리 시작한 남편의 사업이 IMF를 맞아 연쇄 부도를 당했다. 집은 경매에 넘어가고 봉급까지 차압되어 하루아침에 인생 맨 밑바닥까지 가게 되었다. 하지만 궁하면 통한다던가, 매일 빚 독촉을 하면서 채권 업무를 담당하던 은행 직원조차 딱한 사정을 듣고 오히려 피할 길을 열어 줄 정도였다. 삶은 살아 볼 만한 가치가 있음을 깨닫게 해주는 고마운 분들이 주위에는 너무도 많았다.

어려운 살림은 내가 그랬듯 아이들을 일찍 철들게 만들었고, 지금까지 이렇다 하게 속 한번 썩어 본 적 없이 고맙게 커줬다. 어려움이 결코 자랑은 아니지만 굳이 숨길 일도 아니기에 난 어느 자리에서든 구질구질한 얘기를 남의 얘기처럼 재미있게 얘기했고, 배고픔을 아는 헝그리 정신으로 영업 현장에서도 전무후무한 실적을 올려 회사 내 판매 왕이라는 자리에까지 오르기도 했다.

판매 왕이라는 타이틀은 KT 사내 연수원에서 강의를 할 수 있는 계기를 만들어 주었고, 배고팠던 시절의 얘기를 누구보다 재미있고 생생하게 들려줌으로써 연수원에서 타의 추종을 불허할 정도로 사랑을 받는 인기 사내 강사가 되었다.

현재는 30년 전 못한 학업에의 갈증으로 한국방송통신대 중어중문학과 3학년 재학 중이다. 사정상 다른 사람들보다 열심히 공부하진 못하지만, 이것이 대한민국 최고의 강사가 되기 위한 초석을 다지기에 충분한 밑거름이 되리라 믿어 의심치 않으며 내년 4학년 등록을 준비 중이다.

뒤늦게 자기 계발을 위해 애쓰는 나를 향해, 자기 실속만 차리는 이기적인 직원이라고 손가락질한다는 얘기도 들려온다. 처음엔 몹시 불쾌했지만 지금은 감사하기로 했다. 손가락질을 당하고 욕을 먹어도 체하지 않고 잘 소화한다면 그보다 더 좋은 약이 없다는 교훈을 난 이미 수십 년 전부터 배워 왔으니까 말이다.

난 꿈이 있어 쉴 수가 없다

윤윤수_(주)휠라코리아 회장

얼마 전 나는 뜻 깊은 연말 선물을 받았다. 이탈리아 정부로부터 양국 교류에 기여한 공로로 국가 공로 훈장을 받은 것이다. 사실 6개월 전에 훈장 수여 결정 소식을 받았지만, 막상 여러 하객들 앞에서 훈장을 받으니 느낌이 달랐다. 수상 소감에서 나는 25년 전 이탈리아 휠라FILA 브랜드와의 인연을 얘기하지 않을 수 없었다.

내가 휠라와 일을 시작하게 된 것은 휠라를 처음 찾아가고 나서 거의 10년이 지나서였다. 1983년 당시 나는 국내 한 신발 회사 영업 담당 이사였는데, 처음 찾아간 휠라 본사에서 문전 박대를 당했다. 나는 "휠라의 신발 사업을 맡고 싶다"고 제의했지만, 이미 미국 회사가 휠라의 신발 라이선스 계약을 맺었다는 것이다. 그때까지만 해도 휠라는 옷 사업만 했지, 신발 사업 자체가 없었다. 그러던 중 나는 다니던 국내 회사에서마저 실적 부진을 이유로 옷을 벗어야 했다.

졸지에 실업자가 된 나는 가족의 생계를 걱정해야 하는 처지였다. 아직 40대인데 이대로 주저앉을 수는 없었다. 그래서 무작정 미국으로 건너가 휠라 신발 독점권을 가진 회사를 찾아갔다. 당시 자금 사정이 어려웠던 그 회사는 판매 실적이 신통치 않았다. 나로서는 다행이었다. "금융은 내가 책임질 테니, 휠라 신발 생산을 내게 맡기라"고 수차례 설득했다. 이렇게 해서 미국 회사와 휠라 일을 시작했고, 나중에는 휠라 본사의 의류 사업보다 미국 신발 비중이 더 커졌다. 마침내는 휠라 회장이 직접 한국으로 찾아와 "휠라 코리아를 세워 대표를 맡아 달라"고 제의해 왔다. 근 10년 만에 내 꿈이 이뤄진 것이다.

하지만 그 와중에 내 몸은 여러 번 고비를 넘겼다. 미국의 신발 전시회를 찾아갔다가 갑자기 몸이 안 좋아져 귀국해서 갑상선 암 수술을 했고, 그후 심장과 폐 수술도 해야 했다. 지금도 의사는 "해외 출장은 위험하다"고 경고하고, 주위 사람들도 같은 말을 한다. "이제 휠라 본사까지 인수해 글로벌 기업의 오너가 됐으니 좀 쉴 때도 되지 않았느냐"고. 그러나 오늘도 나는 새벽 4시 반에 일어나 7시에 회사에 도착, 해외 파트너와의 전화 미팅으로 하루를 시작한다. 60대 중반이 되었지만 내가 쉬지 못하는 이유는 나에겐 아직 이뤄야 할 꿈이 있기 때문이다. 세계에서 유통되는 글로벌 브랜드를 우리나라가 소유하게 됐으니 이제는 이 브랜드를 명실공히 세계 시장의 리딩 브랜드로 만들겠다는 꿈이다.

요즘 미국 경기 위축으로 실적이 생각만큼은 좋지 않다. 그 때문에 더 자주 미국을 오간다. 그러나 내겐 이런 어려움이 한두 번이 아니었다. 그동안 주변에서 다들 고개를 저을 때에도 결국 나는 해냈다. 태어난 지 100일도 안 돼 어머니를, 그리고 고등학교 때 아버지마저 여의었다. 대학도 삼수 끝에 겨우 들어갔다. 지금 난 휠라의 오너가 됐지만, 시련은 아직도 끝나지 않았다. 도달해야 할 꿈이 있는 한, 시련은 늘 우리를 시험한다.

사채 잘못 손댔다 풍비박산

심상기_노동

··· 고향인 경남 하동을 눈물로 떠나온 지 어언 10년이다. 1998년 IMF로 세상이 힘들 때였다. 직장 때문에 주말부부로 살다가 아내가 이왕이면 장사를 해보고 싶다고 하여 우유 대리점을 시작했다. 그러나 판매가 부진하다 보니 아내는 사채를 빌리게 되었고 급기야 제품 판매 대금에까지 손을 댔다. 아내는 나에게 들키는 것이 두려워 혼자 끙끙 앓다가 고리대금까지 끌어들여 걷잡을 수 없이 빚을 키웠다. 결국 내가 알게 돼 빚을 갚기 위해 두 차례에 걸쳐 거액의 은행 대출을 하였는데 이것이 화근이 되었다. IMF가 오자 더 이상 돈을 융통하기가 어려워졌다. 마침내 나의 급여와 퇴직금에 차압이 들어왔다.

큰아이 대학 진학을 앞둔 1998년 말 나는 퇴직금을 한 푼도 찾을 수 없는 처지가 돼 버렸다. 총무부에 통사정을 해 등록금 용도로 현금 500만 원을 찾아오는 길엔 서럽고 막막한 마음에 하늘이 보이지 않았다. 나는 마지막으로 일시불 수령이 가능했던 국민연금을 받고 그 돈이 떨어지면 죽기로 작정했다.

아내와 대학에 입학한 아들을 서울로 올려 보냈다. 막내와 함께 시골에 남은 나는 술로 나날을 보냈다. 가정은 풍비박산 나고 말았다. 그렇다고 죽을 용기도 없었다. 더 이상 그렇게 살면 안 되겠다는 생각에 몇 달 뒤 마지막 남은 800만 원을 들고 나도 서울로 올라왔다.

좁은 반지하 방이 우리 거처였다. ‘사람이 망하면 친척도 떨어져 나가고, 부귀해지면 모르는 사람도 모여든다貧賤者親戚離 富貴人他人合’더니 우리 처지가 꼭 그랬다. 가장 괴로운 것은, 가난해 보이니까 동창으로부터도 ‘양아치’라는 말을 듣는 것이었다. 술과 불면의 연속이었다.

그러던 어느 날 ‘어차피 죽을 바엔 마지막으로 아버지로서 최선을 다해 보자’라는 생각이 들었다. 다행히 큰아이가 공부를 제법 잘해서 내게 큰 힘이 되어 주었다. 노동판에 뛰어들기로 했다. 그날로 담배를 끊고 몸을 단련했다. 이후 안 해본 일이 없다. 석재공 보조, 페인트공, 택시 운전…….

지나간 10년은 눈물밖에 안 나오는 모진 삶이었다. 하지만 그 시련 속에서 나는 소중한 것을 얻게 되었다. 진정한 행복이 무엇인지 깨달은 것이다.

어렵다고 그 처지를 부끄러워하고 숨기기에 급급하면 행복은 오지 않는다. 체면과 부끄러움은 사치다. 과거의 자신을 버리고 현실을 당당하게 맞이할 때 재기의 기회가 온다.

10년이 지났지만 아내는 여전히 식당에서 일한다. 대신에 우리 가족은 소중한 것을 얻었다. 나도 아내도 부모로서 당당하게 노동일을 하고 떳떳하게 식당일을 한다. 큰아들은 사법 시험에 합격해 지금 사법 연수원에 다닌다. 막내 또한 아르바이트를 하며 선하게 살고 있다.

지난 10월에 드디어 10년간의 반지하 방을 탈출했다. 좁지만 세 칸짜리 셋방을 구해 10년 만에 네 가족이 함께 식사를 했다. 이 얼마나 행복한 일인가. 자살할 용기를 가진 사람이라면 그 사람에게 산다는 것은 더욱 쉬운 일이다. 내 가정이 행복하면 우주가 행복한 것이다.

고통 없이 영광 없다

박재하_인텔렉츄얼벤처스코리아 회장

＊＊돌이켜 보면 내 아버지는 고교 시절에 야구 선수를 할 정도로 활동적이셨고 가족들 앞에서 기타를 치며 노래를 부를 만큼 멋을 아는 분이었다. 부산공고 졸업 후 토목 기사 일을 하셨던 아버지는 젊은 나이에 토건 회사를 직접 차려 경영할 정도로 사업 수완도 좋았다. 하지만 아버지의 생은 너무 짧았다. 1954년 충남 논산 육군 훈련소 증축 공사를 하던 아버지가 갑자기 심장 마비로 세상을 뜨신 것이다. 36세였다.

장남인 나는 당시 9살이었다. 죽음이 무엇인지 몰랐던 나는 슬픔에 잠긴 어머니를 이해하지 못했다. 주사 두 방만 놓으면 아버지가 벌떡 일어나실 테니 걱정하지 말라고 어머니를 위로했다고 한다. 그렇게 어렸던 자식들을 두고 아버지가 세상을 뜨고 나니 우리 집은 풍비박산이 되었다. 어머니는 충청도 시골에서 여러 남매 가운데 막내딸로 태어나 밭일만 하시다 중매로 아버지와 결혼한 분이었다. 졸지에 과부가 된 어머니는 홀로 자식들을 키울 능력이 없었다. 우리 형제들은 친가며 외가로 뿔뿔이 흩어져 맡겨졌다. 어머니는 먼 친척 집에서 보따리 장사를 시작했다.

외삼촌 댁에 보내진 나는 그곳에서 국민학교를 다녔다. 봄이 되어 소풍을 갈 때 부모가 있는 친구들은 용돈으로 엿이나 빵을 사 먹곤 했지만 나는 입맛을 다시며 그들을 바라볼 수밖에 없었다. 방학이 되면 어머니가 그리워 계시는 곳에 가고 싶었지만 쉽게 가지 못했다. 30리길이라 버스를 타야 했는데 차비가 없었기 때문이다. 그래도 어머니가 보고 싶으면 산을 넘고 길을 물으며 가기도 했다. 걷다가 날이 저물거나 길을 잃기도 여러 번이었다. 산길에서 방향을 알 수 없는 어둠에 갇혔을 때의 그 두려움을 무슨 말로 형용할지. 그래서 지금도 나는 사람 없는 곳에서의 어둠을 두려워한다.

친척들은 어린 나에게 관심을 가져 주지 않았다. 친척들 거개의 살림살이가 어려울 때이기도 했지만 '아비 없는 자식' 챙겨 줄 여유는 더욱 없었던 것이다. 당시 아비 없는 자식이란 싹수가 노란, 가망 없는 인종이기 십상이었고 친척이라 해도 사람들은 가망 없는 인종을 보살피는 일에 몹시 인색했다. 당시 외사촌들은 서울의 중고등학교 입학 준비를 하고 있었다. 그 틈에서 나도 어떻게 하면 도시에서 공부할 수 있을까 하는 꿈을 꾸기 시작했다.

그렇게 몇 년이 지난 뒤 형제들과 모여 살게 되긴 했지만 집안 형편이 나아진 건 아니었다. 나는 돈을 벌어야겠다는 생각을 하게 됐다. 국민학교 6학년생이 무엇을 하여 돈을 벌 것인가. 그런데 궁리하다 보니 방법이 생겼다. 이웃의 저학년 아이한테 공부를 시키게 된 것이다. 녀석을 붙들고 하루 1, 2시간씩 산수며 국어를 가르쳤는데 녀석의 성적이 눈에 띄게 좋아졌다. 덕분에 소문이 나서 몇 아이를 더 가르치게 되었다. 중학생 시절 내내 내 학비는 물론이고 동생들 용돈까지 챙겨 줄 수 있을 만큼 과외로 돈을 벌었다. 그런 나한테 삼촌들은 우리 집 형편을 감안해 빨리 취직해서 돈 벌 수 있는 실업계 고교를 가라며 철공소 같은 곳에서 일하면 좋을 것이라 귀띔해 줬다.

그런 즈음에 우연히 학원사에서 나온 《세계위인전집》 50권을 읽게 되었다. 동서고금의 위인들 가운데 특히 링컨의 일대기는 너무나 감동적이었다. 가난을 이겨 내고 성공해 미국 대통령까지 됐고, 더욱이 노예 해방이라는 엄청난 일을 해냈기 때문이었다. 나는 링컨의 일대기를 읽고 아무리 가난해도 큰 뜻을 품고 열심히 노력하면 반드시 자기가 목표한 삶을 이룰 수 있을 것이라는 신념을 갖게 됐다. 어렵사리 고등학교를 마치고 서울대에 도전했지만 낙방

하고 말았다. 서울대에 합격하면 외삼촌이 학비를 대주겠다고 하셔서 시험에 응했지만 물거품이 되고 말았던 것이다.

하지만 20살이 다 된 나이에 나는 자립하고 싶었고 그 같은 결심은 바로 이듬해에 해군 사관학교를 선택하는 계기가 됐다. 사실 이때부터 현실적인 모든 어려움은 해결됐고, 오히려 군사 훈련을 통해 몸과 마음이 튼튼해졌다. 환갑이 지난 요즘에도 매일 아침 조깅을 하면서 건강을 다지는 까닭도 해사 생도 시절의 아침 구보 습관 덕분인 것 같다. '진리를 구하고, 허위를 버리고, 희생하자'는 해군 사관학교의 교훈은 그대로 내 삶의 좌우명이 되었다. 해군은 가난한 나에게 끊임없이 지식을 연마하고 정직하게 열심히 일하면 유능한 장교가 될 수 있다는 기회를 베풀었다. 해군 장교가 된 후 미국 국방성 장학금으로 해군 대학원에 2년간 유학할 기회도 얻게 됐다. 해군 본부에서 2년간 복무하면서도 학업에 대한 꿈은 식지 않았다.

나는 다시 공부할 기회를 찾아 나섰고 결국 미국 예일대에서 장학금으로 4년간 공부해 박사 학위를 딸 수 있었다. 고국으로 돌아와 군복무를 계속하면서 대령으로 예편한 뒤 연구소의 연구 위원, 대학 교수, 한국의 대기업, 다국적 기업의 CEO까지 두루 경험을 쌓았다.

지금도 '뼈아픈 고통을 이겨 내지 못한 삶에서 진정한 영광과 기뿜을 얻을 수 없다'라는 인생의 교훈을 가슴속 깊이 새기고 있다. 'No cross no crown십자가 없인 왕관도 없다'라는 말이 떠오른다. 러시아의 국민 시인 푸시킨의 시 중에 "슬픔의 날을 참고 견디면 반드시 기쁨의 날이 올 것"이라는 구절이 있다. 이 구절은 시대와 국가를 초월해 우리에게 던지는 희망가希望歌가 아닐 수 없다.

금마댁 날갯짓하다

황수연_4남매 시골 된장

··7년 전, 나는 회사원인 자상한 남편과 사랑스런 두 남매를 키우며 셋째의 탄생을 기다리고 있었습니다. 우리 부부는 유난히 아이를 좋아해서 셋째를 기다리는 마음 또한 설레고 행복했습니다.

그런데 셋째 탄생과 더불어 남편의 대장암 선고 소식이 날아왔습니다. 우린 셋째의 탄생을 기뻐할 겨를도 없이, 바로 수술을 하고 항암 치료에 들어갔습니다. 그렇게 2년을 치료에 매달리고 꾸준히 정기 검진을 한 결과 남편은 거의 정상으로 되돌아왔습니다. 우리 부부는 너무 행복했습니다. 이제 셋째도 걸어 다니며 재롱을 부리기 시작했습니다. 그래서 아이를 좋아하는 우리 부부는 조심스레 넷째를 가지게 되었죠. 꿈과 희망에 부풀어서요.

하지만 기쁨도 잠시, 넷째가 태어나자마자 암 세포가 간에 전이되었다는 진단 결과가 나왔습니다. 때마침 친정아버지 환갑날 날아온 이 청천벽력 같은 소식에 저희 집은 초상집 분위기였습니다.

그러나 절망할 겨를도 없었습니다. 바로 수술을 하고 치료에 들어갔죠. 하지만 여기저기에 전이되는 암을 막긴 힘들었습니다. 젊은 사람을 숙주로 한 암은 우후죽순처럼 번져 나갔습니다.

결국 우린 서울 생활을 접었습니다. 친정어머니의 고향인 익산 금마로 내려갔습니다. 그리고 텃밭 딸린 집을 얻고, 태어나 처음으로 농사를 지었습니다. 그것도 남편의 건강을 위한 것이라서 유기농으로요.

첫해, 밭은 거의 정글에 가까웠죠. 거름만 주었지 관리를 제대로 하지 못해서 옥수수 한번 따러 가려면 심호흡하고 맘을 단단하게 먹어야 했습니다. 그것도 유치원생인 아들을 앞세워 수풀을 헤치며 가야 했지요.

어쨌든 몸에 좋다는 약초는 다 심어 놓고 유기농으로 만든 야채 주스 해먹이며 등 떠밀어 등산 보내고……. 그렇게 생활하자 점차 차도가 보였습니다. 우리는 시골로 내려와 끙끙대며 농사를 지은 보람이 있다며 기뻐했습니다.

그러나 암은 역시 만만한 게 아니었습니다. 그토록 온 가족이 애를 쓰며 매달렸건만 남편은 3년 만에 세상을 떠났습니다. 나와 네 명의 자식들만 시골 금마에 덩그러니 남았습니다. 하늘이 무너진 다는 게 이런 것일까요. 절망과 원망, 두려움과 슬픔으로 손가락 하나 꼼짝할 수 없었습니다. 그러나 나를 쳐다보는 네 남매의 눈을 보면 낙담만 하고 있을 수도 없었죠.

금마에 처음 왔을 때 친정어머니는 독부터 사서 모으시더니 된장을 담그셨습니다. 제초제도 안 뿌린 좋은 콩으로만 만든 된장이었습니다. 이것 먹고 우리 사위 건강해지라면서요. 해마다 항아리는 늘어났고, 된장도 늘어났지요. 그렇게 3년이 지나자, 남편은 하늘나라로 가고 없는데 된장은 절로 잘 삭아 있었습니다.

친정어머니는 맛난다, 정말 맛난다, 하시면서 이거 팔아 먹고살라고 하셨습니다. 그러나 아무리 좋은 된장이라도 내가 된장을 판다는 건 상상도 할 수 없었습니다. 남편도 없이 시골에 홀로 남겨진 것도 서러운데, 된장을 팔라는 친정어머니가 서운하기도 했습니다. 된장이고 뭐고 다시 서울로 올라갈까 수도 없이 망설였습니다. 혼자 된장을 만들 자신도 팔 자신도 없었지요. 하지만 친정에서 매달 넣어 주시던 생활비가 끊기고 나니 막막하더군요.

결국 된장을 팔기로 했습니다. 처음 집에 된장을 판다는 현수막을 내걸 땐 정말 창피했습니다. 대학까지 나온 내가 시골에서 겨우 된장이나 팔아야 하다니, 새삼 팔자타령도 했습니다. 게다가 장사는 아무나 하는 게 아닌지 판로를 못 찾아 매상도 거의 없었습니다. 그러니 수시로 서울로 돌아갈 궁리만 하였습니다.

그때 지인의 소개로 옥션에 도전했습니다. 과연 소비자들이 알아줄까 걱정이 되기도 했지만 유기농 좋은 콩으로 만든 것이고, 자연 속에서 제대로 숙성된 것이니 나름 승산이 있다고 생각했습니다.

역시 좋은 것을 알아보는 소비자들이 많았습니다. 반응이 꽤 좋았습니다. 그래서 G마켓에도 도전하였습니다. 열심히 키운 유기농 야채도 넣어 드리고 편지도 넣어 드리고 정말 정성을 다해 판매를 하였습니다. 지금은 G마켓 된장 부문 1위, 옥션 2위입니다.

고객들의 상품 후기는 외롭고 지친 제 마음을 위로해 주는 연애 편지입니다. 남편과 못다 나눈 사랑, 고객들과 함께한다고 생각합니다. 그래서 요즘은 울지 않으려고 노력합니다. 애들 봐서 힘내야죠.

우리 동네 약국에 쓰인 글이 생각나네요. '재산을 잃는 건 조금 잃은 것이고 명예를 잃는 건 많이 잃은 것이며 건강을 잃는 건 다 잃은 것'이라고요. 암이라는 무서운 병마가 우리를 쓰러뜨렸지만, 금마댁 다시 일어나 날갯짓합니다.

마음의 눈으로 행복을 만지다

김기현_《마음의 눈으로 행복을 만지다》 저자

나는 1994년 외교관을 꿈꾸며 연세대학교 불어불문학과에 입학했다. 내게 잊을 수 없는 고난이 찾아온 것은 1학년 여름 방학 때였다.

음식물을 씹을 때마다 턱관절이 아파서 방학을 이용하여 치료하기로 했다. 나는 국내 유명 대학병원에서 구강안면치과 수술을 받았다. 그런데 수술 도중 의사의 과실로 기도에 이물질이 끼어 약 3분간 질식하는 대형 사고가 일어났다. 그 사고로 나는 하루아침에 눈꺼풀을 제외한 온몸을 꼼짝할 수 없는 절망의 상태가 되었다. 가족들은 고통 속에 울부짖었고 나 또한 충격과 낙심으로 몸부림쳤다. 부모님은 병원을 상대로 소송을 내셨으나 비참하게도 패소한 채로 퇴원해야만 했다.

다행히도 몇 년에 걸친 피나는 재활 훈련으로 전신 마비 증상은 차츰 사라져서 기적처럼 아주 조금씩 움직이고 어눌하게나마 말도 하게 되었다. 부모님은 내 눈을 뜨게 하기 위해 국내외 유명 병원으로 나를 데리고 다니셨다. 그러나 그 어느 곳을 가도 흐려진 시력은 회복되지 않았다.

감당할 수 없는 절망과 허무감에 사로잡힌 나는 23세의 꽃다운 나이에 스스로 목숨을 끊으려고 아파트 옥상에 올라갔다. 한참을 울면서 떨어질 결심을 하는데 갑자기 '지옥이 존재할까?' 하는 의문이 섬광처럼 머릿속을 스쳤다. 억울하게 실명하고 희망을 발견하지 못해 죽을 결심을 하였는데, 죽어서도 좋은 곳을 가지 못하고 지옥에 간다면 그것은 더 고통스럽고 절망스러울 것 같았다.

마음을 고쳐먹고 시각 장애인을 위한 기초 재활 훈련을 수료하고 연세대학교에 복학했다. 예전에는 교재도 마음껏 읽을 수 있었고 다니고 싶은 곳도 자유롭게 다니면서 공부했는데, 이젠 시력 없이 귀로만 듣고, 더듬더듬 다니면서 공부를 하려니 답답하고 온 세상이 원망스러울 때가 한두 번이 아니었다.

시각 장애인 대학생으로 힘들게 학업을 이어 가던 무렵, 나는 운명적인 조우를 하게 된다. 기독교 교양 수업에서 어머니처럼 따뜻하게 대해 주시는 교수님을 통해, 고난을 유익함으로 받아들일 수 있는 마음의 눈이 열린 것이다. 나는 교수님과의 교제와 수업을 통해 영혼이 새롭게 소생하는 경험을 했다.

그후 내 삶은 크게 달라지기 시작했다. 단 한줄기 빛도 없이 온통 절망과 슬픔뿐이던 표정이 차차 밝아져 웃음도 되찾고 원망의 마음도 사그라졌다. 어렵게나마 잃어버린 시력에 적응이 되었고, 혼란스런 생활도 차츰 질서를 찾기 시작했다. 비록 1급 시각 장애인이지만 자취를 하며 안전사고 한 번 나지 않았고, 우수한 성적으로 대학을 졸업할 수 있었다. 뿐만 아니라 내 장애를 이해하고 도와줄 착하고 자상한 비장애인 남성과 축복 속에 결혼을 하게 되었다. 또 미국으로 건너가 2008년 5월에 보스턴대학교 재활 상담학 석사 과정을 장학금을 받고 졸업하게 되었다.

그리고 기적과 같은 내 삶의 여정을 《마음의 눈으로 행복을 만

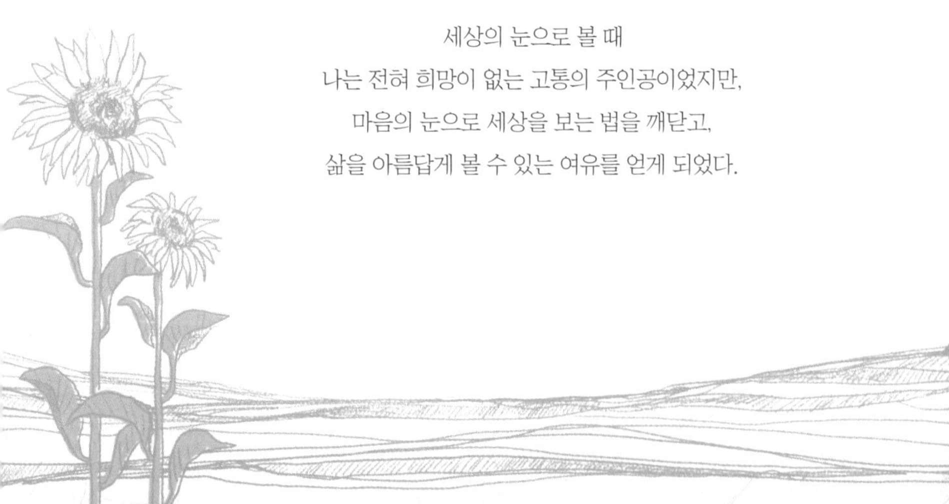

세상의 눈으로 볼 때
나는 전혀 희망이 없는 고통의 주인공이었지만,
마음의 눈으로 세상을 보는 법을 깨닫고,
삶을 아름답게 볼 수 있는 여유를 얻게 되었다.

지다》라는 에세이집으로 펴냈다. 지난 11월에는 장애인재활협회로부터 공로상을 받은 데 이어 KBS 〈인간극장〉의 주인공으로 채택되어 꿋꿋하고 행복하게 살아가는 모습이 방영되었다.

세상의 눈으로 볼 때 나는 전혀 희망이 없는 고통의 주인공이었지만, 마음의 눈으로 세상을 보는 법을 깨닫고, 삶을 아름답게 볼 수 있는 여유를 얻게 되었다. 아찔했던 사고가 일어난 지 14년, 이제 내 삶 곳곳에 감사와 기쁨이 스며 있다.

고통스러웠던 기억 하나하나를 돌아볼 때, 어느 것 하나 무의미한 것이 없었다. 앞으로 많은 장애인들의 직업 재활 상담가로, 약자들에게 마음의 눈으로 희망을 보게 하는 희망 전도사로의 꿈을 키워 나아가고 있다.

현재 돌을 앞둔 건강한 아들 예승이의 엄마이자 사랑하는 남편

의 아내로서 그리고 평택대학교에서 재활 상담학을 가르치는 시간 강사이며 아이오와주립대University of IOWA의 박사 과정을 준비하는 학생으로서 바쁘고 감사한 시간들을 보내고 있다.

여성 최초의 시각 장애인 교수를 향해 나는 여전히 도전하고 있다. 나의 도전이 모든 장애인들에게 희망과 용기가 되었으면 좋겠다.

역경이 오면 역전을 노려라

김성근_프로 야구 SK와이번스 감독

··· 나는 일본에서 18년, 한국에서 48년을 살았다. 섭섭하게도 반쪽발이, 일본식, 재일교포라는 꼬리표가 지금까지 붙어 다닌다.

일본에 살 때는 가난했다. 우유와 신문 배달을 하면서 학비를 보탰다. 고3 때 아르바이트를 해서 번 돈으로 처음 새 옷이란 걸 입어 봤다. 그 가난에서 도망치고 싶어서 홀로 조국 땅을 찾았지만, 선수 생활 3년 만에 어깨와 팔꿈치 부상으로 투수 생명이 끝나 버렸다. 어떻게 살아가야 할지 앞이 보이지 않았다. 모국 생활 48년은 그야말로 무에서 유를 창조하는 전쟁 같은 나날이었다.

세월이 흘러 2008년 프로 야구 한국 시리즈에서 우승을 했다.

2007년에 이어 2연패다. 구단에서도 3년간 감독 계약을 연장해 줬다. 어느 틈에 나는 '이만하면 김성근이라는 사람이 세상에서 인정받았구나'하는 자기만족에 빠져 살게 되었다.

며칠 전 팔꿈치 인대 수술을 받은 이재원 선수 병문안을 위해 일본 도쿄에 갔다. 전철을 타고 가는데, 창밖에 어린 야구 선수들이 연습하는 모습이 보였다. 순간 까맣게 잊어버렸던 단어가 스쳐 갔다. 바로 '초심'이다. 나는 나의 원점이 어디였는지, 어떻게 야구를 하면서 굶주림을 견뎌 왔는지 망각하고 있었던 것이다. 차창에 자만심 가득한 내 얼굴이 비쳤다. 그래, 처음으로 돌아가자!

내 직업은 감독이다. 감독의 임무는 팀을 승리로 이끄는 것이다. 그것이 나의 의무와 책임이요, 사명감이다. 감독을 하지 않았다면, 일본에 남아 있었다면, 나는 벌써 죽었을지도 모른다. 감독이라는 신분 때문에 모든 싸움을 받아들이고 도전을 거듭해 온 것이 삶을 지탱해 주는 에너지가 되었던 것 아닌가.

10년 전 쌍방울 감독 시절, 나는 신장암 선고를 받았다. 선고를 받던 날 나는 군산구장에 가서 경기를 치렀다. 한 달 동안 아무 내색 없이 벤치를 지키다가 휴가를 내고 콩팥 제거 수술을 받았다. 마취 직전 간호사가 말했다.

"어서 나아서 경기장에 돌아가셔야죠."

수술이 끝나고 나는 의사들의 만류에도 불구하고 병실에서 일어나 걸어 다녔다. 수술 부위에서 피가 흘러내렸지만 개의치 않았다. '여기에서 패배하면 야구 못하고 죽는다'는 생각으로 후유증을 이겨 내고 구단으로 복귀했다. 지난 9월 프로 야구 통산 1,000승을 달성하던 날 이 사실이 알려질 때까지 10년 동안 사람들은 내가 결석 제거 수술을 받은 줄 알고 있었다.

39년 감독 생활 동안 나는 패배로부터 많은 것을 배웠다. 야구 인생 동안 10번이나 감독을 맡았지만, 그중 7번은 불명예 퇴진이었다. 2002년엔 한국 시리즈에 진출하고도 구단과 불화를 빚어 옷을 벗었다. 하지만 좌절하지는 않았다. 패전과 실패는 감독의 좋은 친구가 아닌가. 그 친구들이 토대가 되어 더 발전하는 법이다. 실패의 원인을 찾아내 대책을 강구하고 새로운 지식과 지혜를 갖고 도전해 나가는 것이다. 그게 내가 살아온 방식이었고, 내가 잊고 있던 초심이었다.

역경과 고난은 받아들이는 사람의 자세에 따라 의미가 달라진다. 어려움은 방해물이 아니다. 나에게 그것은 역전을 위한 좋은 찬스다. 세상이 힘든 때다. 나 또한 초심으로 돌아가 어떤 고난이 와도 다시 기회를 기다리겠다고 다짐한다.

한국형 명품 브랜드를 꿈꾼다

김원길_(주)안토니 대표이사

18살 되던 해, 나는 돈을 벌기 위해 고향인 충남 당진에서 서울 영등포로 향하는 기차에 몸을 실었다. 저녁 무렵 역전에 서니 불 밝힌 작은 구둣방들이 먼저 보였다. 무작정 구둣방에 들어가 일을 배우고 싶다고 졸랐다. 먹고 잘 곳이 필요했다.

다섯 집이 식솔이 많다며 거절했다. 여섯 번째 집에서 나를 거둬 주었다. 먹여 주고 재워 주는 것을 대가로 월급도 없이 밤낮없이 일했다. 돌도 씹을 나이였기에 밥을 먹을 때면 유독 더 허기에 시달렸다. 주인집 딸이 밥을 퍼줄 때마다 '좀더 많이 줬으면'하고 눈치 보는 게 일이었다. 나는 그때 배고픔이 무엇인지 뼈저리게 알았다. 굶지 않고 마음껏 먹고 싶었다.

1981년에 구둣방을 나와 구두회사 케리브룩에 들어갔다. 서울 원효로에서 인천까지 가야 하는, 먼 거리였지만 언제나 1등으로 출근했다. 제일 먼저 출근하지 않으면 그날 하루를 진 듯한 느낌이 들었다. 워낙 악착같이 일해서 1인 5역을 한다는 말까지 들었다. 남들은 이해 못했지만, 나는 인생이 끝없이 계단을 올라가는 것이라고 생각하면서 늘 양 주먹을 꼭 쥐었다. 1984년에는 그간 닦은 실력을 시험해 보기 위해 전국 기능경기대회 제화 부문에 출전했다. 동상을 받았지만 좌절하진 않았다. 오히려 더 나은 성공을 위한 씨앗을 뿌렸다고 생각했다.

회사 생활을 10년쯤 하고 나자 혼자서도 일어설 수 있겠다는 자신감이 생겼다. 퇴직금 200만 원과 여기저기서 빌린 돈 몇백만 원을 들고 작은 구두 회사를 설립했다. 실력과 열정만 있으면 뭐든 할 수 있을 것 같았지만, 세상은 녹녹하지 않았다. 구두는 팔리지 않고 은행 빚만 쌓여 갔다. 부도 위기에 몰리자 잠드는 것조차 두려웠다. 눈만 감으면 부도라는 엄청난 파도가 나를 덮쳤다. 수십 편의 비디오를 보면서 매일 뜬눈으로 밤을 견뎠다. 4년이 지났을 무렵 더 이상 빚 독촉을 감당할 수 없어 죽음을 생각하기에 이르렀다. 친구에게 "내가 안 보이면 한강에 간 것으로 알라"는 말을 남겼다. 그때 친구가 말했다.

"네가 죽어서 해결될 일이면 죽어라. 너는 모든 걸 잊고 편안해
지겠지만 남은 사람은 네 책임까지 떠안아야 한다."

정신이 번쩍 들었다. 나 자신만 생각했던 것이 한없이 부끄러웠
다. 죽었다 생각하고 일하면 못할 게 없어 보였다.

그날부터 최선이라는 말조차 사치라는 생각이 들 정도로 열심히
노력했다. 살아 보겠다고 나서자, 주위에서도 많은 도움을 줬다.
앞만 보며 달려온 지 2년쯤 된 어느 날, 그해 천운이 든 것인지 신
발이 유난히 많이 팔렸다. 재고 한 켤레 없이 모두 다 팔아 버린 것
이다. 그제야 비로소 '이제 수렁에서 벗어났구나. 다시 살아났다'
는 생각을 할 수 있었다.

그후 이탈리아 브랜드 '바이네르'를 도입하고, 아직 한국에선 생
소했던 편한 신발 시장에 뛰어들었다. 그러고는 중·장년층을 공략
한 신발을 수입해 팔았다. 점점 시장 점유율이 높아지더니 몇 년 후
편한 신발 시장을 석권하며 전국 백화점에 44개 매장을 갖춘 번듯
한 구두 회사를 일궈 냈다. 그리고 나처럼 돈이 없어 공부를 못하는
학생들을 위해 장학금을 줄 수 있는 행복한 CEO가 된 것이다.

내 나이 마흔일곱, 지금 나는 언제 거둘지 모를 또 하나의 성공
씨앗을 뿌리고 있다. 이탈리아 회사와 합작해 '안토니'라는 브랜드
를 만들었다. 외국의 브랜드처럼, 평생 한 번 갖고 싶은 명품 구두
를 만드는 것이 내 꿈이다. 다들 "한국에서 무슨 명품을 만드느냐"

고 하지만, 죽을힘을 다하면 안 되는 일은 없다. 나는 생명이 다하는 날까지 좋은 구두와 행복한 회사를 만들기 위해 노력할 것이다.

며칠 전 내게 죽지 말라고 충고했던 친구를 다시 만났다.

"그때 나를 잡아 줘서 고마웠다"며 그의 손을 뜨겁게 잡았다. 힘들어하는 누군가를 만난다면 당당히 말해 주고 싶다.

"어려운 순간은 아주 잠시일 뿐이다. 참고 견디면 반드시 희망의 씨앗이 열매 맺어 수확할 수 있을 것이다."

꿈을 잃으면 또다시 꿈을 꾼다

황병일_(주)트윈세이버 까르마 대표

1998년 IMF 구제 금융 시절 거래처의 연쇄 부도로 하루아침에 부도가 났다. 맨손으로 시작하여 5년간 키워 온 통신 판매 회사였다. 빚을 정리하고 월세 집으로 이사할 때 당시 초등학교 2학년이던 쌍둥이 딸들에게 가장 미안했다. 아빠가 사업이 어려워 작은 집으로 이사를 해야 하는데 앞으로 살아갈 집은 문만 열면 바로 화장실이 있다며 궁색한 설명을 했다. 아이들에게 충격을 덜어 주기 위해서는 어쩔 수 없었다.

한번은 채권자가 집으로 찾아오는 통에 들어가지 못하고 온 가족이 집 주변 공원에서 보낼 때가 있었다. 그때 나는 딸에게 그랬다.

"아빠는 나쁜 짓이나 도둑질을 한 게 아니라 성실히 사업을 했단다. 아빠가 진 빚은 꼭 갚을 텐데 시간이 필요해. 우리 조금만 참자.”

그 말은 딸에게 한 위로이자 나에게 한 약속이었다. 하지만 어려움이 계속되다 보니 사소한 것에도 아내와의 의견 충돌이 잦아졌다. 어느 날 부부 싸움을 하고 방에 들어앉아 있는데 핸드폰으로 음성 메시지가 왔다. 딸이 보낸 것이었다.

“아빠, 힘들지. 힘내라! 힘내라! 힘내라!”

순간 눈물이 고였다. 어린 딸에게서 받는 위로와 응원은 나를 돌아보게 만들었다. 그래, 참고, 힘내야지. 나는 다시 결기를 다졌다.

재기를 위하여 주머니를 털어서 동경행 비행기를 탔다. 그때 내 눈에 들어온 것이 있었다. 메모리 폼 베개였다. 비행기 기내지에서 메모리 폼 베개를 발견한 나는 사활을 걸고 바로 개발에 들어갔다.

숱한 어려움에도 불구하고 1년 만에 상품화에 성공했다. 일본 수출을 목표로 했다. 베개 하나 달랑 들고 알지도 못하는 회사에 무턱대고 찾아가 상품을 소개했던 일들을 생각하니 정말 용감했다는 말밖에는 달리 할 말이 없다. 비 오는 날 회사 문 앞에서 서성이다가 용기를 내 들어가서는 가지고 간 베개를 보여 줬다.

“저, 한국에서 물건 소개하러 왔습니다.”

해외 영업을 그렇게 시작했다. 지금 생각해도 가슴 뛰는 순간이다.

가진 것이 없으니 용감해졌다. 체면과 자존심은 중요하지 않았다. 오로지 살아야겠다는 의지와 오기밖에 없었다. 밑천 없이 그렇게 시작한 것이 메모리 폼 베개를 만든 벤처 기업의 신화가 되었고, 해외에서 벌어 온 돈으로 마침내 빚을 갚고 신용도 되찾게 되었다. 나아가 트윈세이버의 사장으로 내 이름을 사용하게 되었다. 감격스럽게도 7년 만에 자가 공장을 짓기도 했다.

한데 잘나가던 사업이 환율 급락과 거래처 이탈 등으로 큰 경영 위기를 맞게 되었다. 하는 수 없이 2006년 8월, 법원 관리를 받는 기업 회생에 들어갔다. 나는 다시 신용 불량자가 되었다. 어렵게 찾은 신용이었는데 또다시 신용 불량자로 전락한다는 것이 무척이나 자존심 상했고 괴로웠으며 자괴감이 들었다. 주변에서는 잘한 것보다는 못한 것에 대한 질타가 계속되었다.

몇 개월을 정신 놓고 살지 않았나 싶다. 너무 힘들어 죽고 싶은 충동과 함께 모든 것을 포기하고 한국을 떠날까 생각도 했었다. 하지만 이렇게 죽기엔 억울했다. 어느 날 거울을 보는데 그 거울 안에 나약하고 초조해하는 내 얼굴이 들어 있었다. 아무 연고도 없이 베개 하나 들고 해외 시장 개척에 나섰던 용감하고 자신감 넘치던 사업가의 모습은 간데없이 사라지고, 무기력하게 절망에 빠져 힘들어하는 사내의 얼굴이 그 거울 안에 들어 있었던 것이다. 둔기로 얻어맞은 기분이었다. 이건 아니다. 다시 시작하는 거다. 이대로 죽을 수는 없다. 살고자 하는 사람은 산다. 나는 다시 긍정적 마음과 믿음으로 무장했다.

끊임없이 국내외 바이어를 만났고, 밤늦게까지 외상값이 밀린 거래처나 채무자를 찾아다녔으며 몇 달치 월급이 밀려 있던 직원들을 설득했다. 아침에 일어나면 오늘을 살기 위하여 나한테 떨어진 산적한 일을 처리하고, 사람을 만났다. 살아갈 길만 생각하고 행동했다. 주변에서는 무모한 일이라고 고개를 저었지만 그래도 나는 굴복하지 않았다. 회사를 살리기 위해서는 그보다 더한 고생도 감당할 자신이 있었다. 그것만이 최선이었다.

나는 회사의 모든 것을 창업 초기 시절로 돌렸다. 어떻게 트윈세이버를 시작했고 어떻게 어려움을 극복해 왔는지 되새겼다. 안정화돼 가는 회사를 보며 국내외 바이어로부터 지속적인 거래를 약속받았고 매출도 늘어나기 시작했다. 수출 상담도 늘어나 새해에는 희망의 빛이 보인다. 국내외 경제가 어렵다고는 하지만 위기를 극복해 온 나에겐 또다시 기회가 오고 있다. 이제 두 번째 재기로 신용을 되찾을 것이다. 위기는 곧 기회라고 하지 않던가.

나는 사업가다. 사업가는 고용을 창출하고 돈을 벌고 그 돈을 잘 써야 한다. 그것이 나의 의무와 책임이요, 사명감이다. 트윈세이버를 창업하지 않았다면, 세계적인 수면 환경 전문 브랜드 까르마를 꿈꾸지 못하고, 그저 그런 인생을 살고 있을지도 모른다. 그저 절망에 빠져 주위와 환경을 원망하며 그렇게 인생의 실패자로 끝났을 것이다.

한 회사를 책임지는 사장은 모든 위기와 변화를 받아들이고 도전을 거듭해야 한다는 사실을 알았다. 문제에는 꼭 해답이 있다. 긍정적 마인드로 내가 먼저 바뀌면 주변 환경은 바뀐다.

다시 한 번 명심한다. 위기는 곧 기회다.

나를 지탱하는 힘, 마라톤

하용호_하백 디자인 연구소 대표

벌써 10년이 훨씬 넘어 버린 일이지만 경기가 어렵다 보니 새삼 그 시절이 생각난다. 1997년 10월, 나는 부산에서 난생처음으로 춘천에 가기 위해 직행버스에 몸을 실었다. 105리의 고행길인 마라톤을 위해서였다.

그때부터 춘천 조선일보 마라톤을 찾는 내 순례는 시작되었다. 당시만 해도 부산에서 춘천까지의 길은 무척 멀었다. 때는 가을이라 창밖의 풍경은 울긋불긋 아름다웠고, 그 수채화 같은 풍경들은 기나긴 여행에 얼마간 위안을 주었다. 그렇게 낯선 도시들이 창밖으로 스쳐 지나가고, 마침내 춘천에 도착한 나는 그 생경함에 막막함을 느꼈다. 나는 바로 조그만 여관방에 홀로 투숙했다. 하지만 낯선 도시가 주는 그 생소함에 잠을 이루지 못했다. 다음 날 마라톤을 위해서는 무엇보다 단잠이 필요했지만 그날 밤 내내 나는 뜬눈으로 뒤척일 수밖에 없었다. 춘천의 밤은 유난히도 길고 어두웠다. 그 길고 어두웠던 밤이 엊그제 일인 것만 같은데 그 뒤로 똑같은 길을 벌써 11차례나 오르내렸다.

마라톤이 무엇이기에 나를 이렇게 만드는 걸까. 마라톤은 결코 준비되지 않은 사람이 할 수 있는 운동이 아니다. 그만큼 결과를 위해서는 과정이 중요하고 또 그렇게 만들어야만 가능한 운동이다. 내가 마라톤을 좋아하는 점이 바로 이 점이다.

한 번의 완주를 위해서는 경험이 많은 사람도 3개월 정도는 준비를 해야 한다. 나는 이 준비를 '100일 정성'이라고 부른다. 정성을 들이지 않고 주로에 서면 자신감이 없어진다. 그래서 더운 여름이나 추운 겨울에도 달리기의 끈을 놓지 못하고 나를 밖으로 내몬다.

처음 춘천을 찾은 해는 내가 15년의 직장 생활을 청산하고 개인 사무실을 열었던 해이다. 당시 불모지나 다름없었던 신발 디자인 사업에 뛰어들었는데 이듬해에 IMF가 왔다. 열정과 의욕만으로는 시련을 극복할 수 없었다. 하여 마음이 아팠지만 5명의 직원과 이별하고, 1명의 직원만으로 다시 시작해야만 했다. 정말 벼랑 끝에 서 있는 기분이었다.

오랫동안 끊었던 담배도 다시 찾았고, 우울증으로 인한 성격의 변화를 감당하기가 힘들었다. 집사람이 아무리 용기를 주어도 마음을 다스리기가 쉽지 않았다. 그래도 용케 이겨 낼 수 있었는데, 나는 그것이 마라톤의 힘이라고 생각한다.

아무리 어려운 상황에서도 나는 뜀박질을 멈추지 않았다. 아니 어려우면 어려울수록 더욱 고집스럽게 매달렸다. 매서운 추위의 겨울밤에도 사람 하나 없는 캄캄한 사직 보조 운동장을 돌았고, 30바퀴를 채우지 않으면 집으로 돌아가지 않았다. 처음에는 서러움에 어둠을 위안 삼아 눈물을 쏟을 때도 많았다. 죄라면 열심히 살아온 것밖에 없는데, 나에게 닥친 시련은 너무나 가혹했다. 아무런 잘못도 없는데 왜 이런 어려움을 겪어야 하나, 세상에 대해 원망도 했다.

그래도 달리기를 계속하면서 내 마음을 다스릴 수가 있었고 점차 주위를 돌아볼 수 있는 여유도 생겨났다. 아무도 없는 경기장이지만 스탠드에는 나를 응원해 주는 사람으로 꽉 차 있다고 생각했다. 내 눈에는 그렇게 보이기 시작했다.

그 보이지 않는 응원이 힘이 되었던 걸까. 나는 뛰면서 많은 구상을 하고 생각도 즐기게 되었다. 내일 출근하면 일은 어떻게 처리할 것인가, 누구와 상담을 할 것인가, 어떤 거래처를 접촉하여야 하는가, 등등 내일의 일을 머릿속으로 먼저 그려 보는 습관이 생겼다. 따라서 운동을 못한 다음 날은 출근에 앞서 마음이 무거웠다.

무엇보다 마라톤이 내게 준 가장 큰 선물은 나와 내 회사를 마라톤 신발 디자인에 있어서 최고 회사로 거듭나게 해주었다는 점이다. 살아남기 위하여, 절망을 딛기 위하여 뛰고 또 뛴 날들이 마라톤 신발에 대한 지식을 안겨 주고 그에 따른 디자인 개발을 할 수 있도록 만들어 준 것이다. 순전히 체험에 의한 것이었으니 어쩌면 당연한 결과였으리라. 그저 절망만 하고 있었더라면 알 수 없는 세상이었고, 만날 수 없는 세상이었다.

이것을 밑천으로 2000년부터 서서히 성장의 길로 들어설 수가 있었다. 국내의 여러 스포츠 브랜드에서 마라톤 신발의 디자인을 의뢰해 오기 시작하였고 이를 기회로 다른 아이템의 신발 디자인 주문도 들어왔다. 직원 수도 예전으로 회복했다. 대학에서 후학을 가르치는 기회도 찾아와 마라톤 전도사 역할을 자처하였지만 아직 마라톤의 매력을 알기에는 그들이 너무 젊은 것 같았다.

대회장에 나가 보면 커플로 달리는 젊은 연인들을 보면 참 흐뭇하다. 그렇게 달리기를 함께하다 보면 서로 도와주고 기다려 주며 인내하는 법을 배우게 될 것이고, 서로에게 최고의 배우자가 될 수 있을 것이다. 결혼해서 행복을 만들어 내고 설사 고비가 오더라도 충분히 이겨 낼 수 있는 그런 부부가 될 수 있을 테니 말이다. 그래서 더 예뻐 보이는지도 모르겠다.

우리 회사도 1년에 2차례는 직원들과 함께 마라톤 대회에 참가한다. 친구나 애인과 함께 동반 참가하도록 지원도 해준다. 땀을 흘리면 신체적으로는 건강을 다지면서 새로운 아이디어를 창출해 낼 수 있다고 생각한다.

하지만 기업하는 사람에게 어찌 좋은 날만 있겠는가. 금년 하반기에 이르자 회사에 또다시 위기가 찾아왔다. 세계 경제 침체로 인한 내수 경기의 위축도 원인이지만 작년에 시도한 거래선 확대가 역효과를 나타낸 것이다.

기업에는 10년 주기설이 있다고 하니 차분히 이겨 낼 작정이고 자신도 있다. 왜냐하면 나는 아직도 마라톤을 하고 있고 뛰면서 내일을 구상하고 있기 때문이다. 지난번 그 큰 어려움을 이겨 냈으니 이번 역시 이겨 낼 것이다. 절망만 하고 있으면 아무것도 얻을 수 없지 않겠는가.

12월부터 다시 100일 정성을 시작했다. 2009년 봄에는 나의 28번째 마라톤 풀코스가 나를 기다리고 있다. 내일을 위하여 오늘도 나는 씩씩하게 달릴 것이다.

노력하면 죽음 빼고 다 이룰 수 있다

조호걸_무학산 옛날 왕손짜장 대표

1년에 딱 사나흘만 쉬고 하루 16시간씩 360일 이상, 죽어라고 일만 하는 사람이 과연 대한민국에 몇 명이나 될까? 특수한 경우가 아니라면 많지 않을 것이다. 그 많지 않은 일벌레 가운데 우리 부부도 당당히 끼어 있다. 정말 여가라고는 가져 본 적이 없다. 여분의 사나흘도 몸이 아파 좀 쉬면 시간을 까먹는 듯한 생각에 실상 1년 동안 하루도 쉬지 않는 셈이다.

내가 이렇게 미친 듯 일에만 매달리는 데에는 그만한 이유가 있다. 뼈에 사무친 가난 때문이었다. 가난에도 진골 성골이 있다면 우리 집이 이에 해당될 것이었다. 거지 신세만 조금 면했을 뿐 실상 거지나 다름없는 유년 시절을 보냈다. 아버지는 책을 무척이나 좋아하셨다. 당연하게도 가정에는 무능했다. 어머니가 날품을 팔아 겨우 연명했는데 죽도록 고생만 하시다가 내가 중 3 되던 해에 세상을 뜨셨다. 어머니가 돌아가시니 집안 꼴은 더욱 엉망이 되었다.

나는 기술을 배워 돈을 벌 생각에 공고에 진학했다. 3년 동안 도시락은 단 한 번도 싸가지 못했다. 가방에는 언제나 젓가락 한 쌍만 들어 있었을 뿐이다. 점심시간이면 이 자리 저 자리 옮겨 다니며 친구들 밥을 얻어먹었다. 다들 어려운 처지였지만 도시락 인심은 그럭저럭 후했다. 당시에는 배 곯는 아이들이 더러 있어서 많이들 그렇게 친구들 도시락을 나눠 먹으며 견뎠다.

3학년 여름 방학 때 공장에 취업, 생활 전선에 나섰다. 아직 학생 신분이었기에 월급이라곤 정말 쥐꼬리만 했다. 더 배워야 한다는 생각에 야간 대학에 진학했다. 낮에는 허리가 휘도록 노동을 하고 밤에는 졸린 눈을 비비며 대학에 다녔다. 공부를 하니 그렇게 재미있을 수가 없었다. 어느 날 텔레비전을 보니 탤런트 송재호가 허리에 권총을 잔 공안부 검사로 나왔다. 그 장면이 멋지게 보여 강력부 검사가 되기로 결심하고 사시를 준비했다.

군대에 가서도 법전을 끼고 복무했다. 제대 후 복직, 복학을 하고도 사시 공부를 계속했다. 혼자 하는 사시 공부는 너무도 벅찼다. 무작정 두툼한 법전만 외우면 되는 줄 알았는데 그게 아니었다. 그 내용이 그 내용 같고 저 내용이 저 내용 같았다. 제대로 공

부를 하려면 직장을 그만두고 매달려야 했는데 당장 사는 게 급하
니 그럴 수도 없었다. 결국 진전 없는 사시 공부를 그만두었다.

1982년 초에 처음으로 컴퓨터를 접하게 되었다. 나는 전망이 있
을 것이란 확신 속에 프로그램을 배웠다. 전산 프로그래머 생활을
7년 정도 하다가 시건방진 자신감 하나로 1991년도 초 전산 S/W
개발 업체를 차렸다. 그러나 세상은 그리 호락호락하지 않았다. 그
럭저럭 자리를 잡는 듯했으나 이내 사세가 기울기 시작했다. 월급
줄 돈이 없어 직원들을 다 내보내고 프리랜서로 연명했다.

38세 되던 해 우연히 친구들과 술자리를 갖게 되었다. 친구들 중
에는 잘된 친구들이 많았고, 개중에는 의사들도 더러 있었다. 그들
을 만나고 돌아오는 길에 문득 이런 생각이 들었다. 저 친구들은
면허증이 있어 늙어도 먹고는 살겠구나. 나는 50세 이후 무엇이
되어 있을까. 이 상태로 늙는다면, 그러다가 덜컥 병이라도 걸린다
면 인생 끝장이겠구나.

나는 안정된 직업을 갖기로 결심했다. 책상에 앉아 고민도 하고
서점도 돌아다니며 정보를 구했다. 매일 여기저기 기웃거리다 보
니 배가 몹시 고팠다. 학교 다닐 때 배가 고파 친구들 밥으로 연명
하던 기억이 났다. 나는 결심했다. 그래, 먹는장사를 해보자. 아무
리 나라 경제가 힘들어도 사람은 먹어야 산다. 자동차나 신용카드,
휴대폰 없이 살아도 먹지 않곤 버틸 수 없지.

나는 음식점 아이템을 찾아 머리를 굴렸다. 책이나 신문 기사도 참고하고, 유명하다는 음식점을 찾아다니며 노하우를 구하고 벤치마킹했다. 그러다가 중국집을 하기로 생각을 굳혔다. 중국집은 음식을 빠르게 만들 수 있고, 테이블 회전수도 빠르다. 그릇이나 집기도 적게 들고 자본도 적게 들었다. 더군다나 자장면은 전 국민이 즐겨 먹는 대표적인 음식이 아닌가.

결심이 서자 퇴근 후 짬짬이 중국집을 전전하며 기술을 익혔다. 1년을 무보수로 일하기도 했다. 시간이 날 때마다 가만히 있지 않고 밀가루를 반죽하여 수타면 연습에 매달리는 한편, 프라이팬 돌리는 연습을 하루에 5천 번씩 해나갔다. 수타면 만들기는 체력 싸움이다. 그래서 운동도 열심히 했다. 5년이 되자 그럭저럭 나만의 노하우가 쌓였다. 남들보다 맛있게 음식을 만들 자신이 서자 드디어 개업했다. 지금도 잊히지 않는 2000년 4월 4일의 일이었다.

전산 프로그래머 출신이 중국집 주방장을 하니까 주위에서 다들 놀랬다. 나는 개의지 않고 갈고 닦은 실력을 발휘했다. 만고불변의 법칙이 있다. 맛있으면 반드시 손님이 모인다는 것이다. 잘한다고 금방 주변에 소문이 났다. 웰빙 바람에 맞추어 쌀 누룽지 생면을 연구 개발하여 2007년 3월에 발명 특허 등록했다. 일본과 중국에까지 특허 출원 계획에 있다.

보통 메뉴가 많은 게 중국집의 특징이지만 나는 선택과 집중을 통한 소품종 다생산을 지향했다. 특히 자장면에 승부를 걸었다. 자장면은 연구 개발을 꾸준히 거듭하여 그 종류가 19가지나 된다. 배달은 하지 않고 역사와 전통을 만들어 가기 위해 노력했다. 손님들이 맛을 알아주고 그 맛을 찾아 가게로 방문하도록 한 것이다. 나는 그만큼 양질의 서비스와 맛으로 손님을 맞는다. 가게를 개업한 지 10년도 차지 않은 현재, 마산에서는 우리 집 모르면 간첩이라는 소리를 듣는다. 단시간에 마산 지역에서는 유명한 중국집으로 성장한 것이다.

남자 평균 수명이 76세이다. 40, 50세 되신 분들이 명예퇴직을 많이 하는데 그때 시작해도 절대 늦은 나이가 아니라는 이야기다. 무엇이든 한 가지 일에 매달려 열정을 쏟으면 반드시 흘린 땀만큼 그 대가를 받게 되리란 점을 말씀드리고 싶다. 단, 준비를 철저히 해야 한다. 시청에는 하루에 10명이 창업 신고를 하면 7명이 폐업 신고를 하러 온다는 말이 있다. 자기가 시작한 일에서 프로가 되어야 한다. 혹은 프로가 되겠다는 생각만이 성공을 보장한다. 종일 수타면을 만지고 프라이팬을 수천 번씩 돌리느라 온몸이 욱신거려 잠을 잘 이루지 못한다. 그러나 내가 처음 일을 배울 때 적당히, 대충대충했다면 지금의 '무학산 옛날 왕손짜장'은 태어나지 못했을 것이다.

아내와 나에게는 아직 꿈이 남아 있다. 자장면을 더욱더 연구 개발하여 세계적인 자장면 브랜드로 키워 나가는 것이다. 늙으면 정부의 도움 없이 이웃에 봉사하며 노후를 보내고 싶은 소망도 있다. 열심히 벌어서 열심히 쓰고 건강하게 살다 가는 게 가치 있고 보람된 인생 아니겠는가. 지금 이 순간, 절망에 빠진 분들이 계시다면 분명히 말씀드리고 싶다.

"노력하면 죽음 빼고는 다 이루어진다."

아무리 힘든 일도 죽는 일보다는 쉽다는 이야기다.

도전하라! 꿈을 꾸면 이루지 못할 일은 어디에도 없다.

손가락만 한 자유의 여신상을 바라보다

김진태_(주)한국기술산업 제약사업부장

··· 1992년 뉴욕에서의 겨울은 나에게 아직까지도 가장 춥고 외로웠던 시간으로 기억되고 있다. 새로운 경험을 하겠다는 용기와 젊은 패기로 무엇이든 이루어 낼 수 있다는 자신감만 가지고 도전했던 미국 유학길은 6개월 만에 경제적 압박에 시달려야 했고, 학비와 생활비를 마련하기 위해 학기 내내 새벽 2시까지 일하는 날이 이어졌다. 이때 여름과 겨울 방학은 나에겐 학비라는 목돈을 마련할 수 있는 기회를 제공해 주는 소중하고 의미 있는 시간이었다.

방학 때면 무작정 학교를 떠나 새로운 도시에서 여러 사람들을 만나며 수많은 경험을 즐기기도 했지만 1992년의 겨울 방학을 보낸 뉴욕은 21살의 나에게 너무도 거대하고 차가운 도시였다. 뉴욕으로 떠나는 그레이하운드에 몸을 실었을 때만 해도 세계 경제의 중심 도시라는 맨해튼에서 자유의 여신상, 엠파이어스테이트빌딩, 카네기홀, 메디슨스퀘어가든, 센트럴파크 등을 거닐며 멋진 경험을 즐길 수 있으리라 생각했다. 그러나 그 달콤한 기대는 맨해튼에 도착한 지 단 3시간 만에 산산이 부서지고 말았다.

뉴욕에 아무런 연고가 없던 나는 어두워진 거리를 헤매다 맨해튼에서의 첫날밤을 은행 옆에 붙어 있는 현금 자동 입출금기 구역에서 뜬눈으로 보냈다. 그나마 그곳은 잠금 장치가 되어 있어 비교적 안전했기 때문이다.

다음 날 아침부터 미국 내 4대 일간지를 한국 마켓에서 구입하고, 그곳에 실린 수많은 구인란에 연락을 취한 끝에 플러싱 주변의 한국 교민들이 밀집한 지역에 있는 세 군데 가게에서 일을 할 수 있었다.

아침 6시부터 오후 5시까지는 도넛 가게, 오후 6시부터 밤 11시까지는 야채 가게, 그리고 자정부터 다음 날 새벽 5시까지는 주유소에서 일하는 살인적인 스케줄은 그야말로 전쟁을 방불케 했다. 이렇게 일한 이유는 짧은 방학 기간 내에 가능한 한 학비를 마련하면서 숙소 비용 지출을 최소화할 수 있는 일석이조의 효과를 누릴 수 있기 때문이었다.

처음 뉴욕행 시외버스에 몸을 실었을 때 꿈꾸었던 낭만은 전혀 경험하지 못했으며 상상조차 할 수 없었다. 뉴욕 생활 한 달 만에 맞이한 성탄절 전야는 지금까지도 나에게 가장 외롭고 쓸쓸했던 시간으로 기억된다.

첫 번째 작업장에서 두 번째 작업장으로 이동하는 뉴욕의 거리는 성탄절을 축하하는 장식과 네온사인으로 화려하게 빛났고, 손에 선물 꾸러미를 든 행복한 얼굴의 사람들을 보며 내 자신이 그렇게 초라하게 느껴진 적 또한 없었다.

그렇게 시간은 흘러 어느덧 다시 학교로 돌아가야 했다. 다음 학기 학비의 대부분을 마련한 나는 뿌듯하고 행복한 마음으로 두둑한 주머니 속의 돈을 만지작거렸다. 그때 저 바다 멀리 내 손가락 크기만 한 옥색의 자유의 여신상이 눈에 들어왔다. 순간, 이유를 알 수 없는 눈물이 내 눈가에 그렁그렁 맺혔고 다음에 뉴욕에 다시 올 때는 좀더 떳떳한 모습으로 방문하여 자유의 여신상을 당당히 바라보겠다고 스스로 다짐하고 또 다짐했다.

그로부터 16년이 흘렀지만 아직까지 뉴욕은 다시 방문하지 못하고 있다.

그러나 그때의 자유의 여신상을 지워 버리지 않고 열심히 노력한 덕분에 현재까지는 성공적인 삶의 그림을 그리고 있다고 생각한다. 그리고 삶의 난관에 부딪힐 때마다 그 작은 자유의 여신상을 떠올리며 마음을 다잡곤 한다.

아주 작은 자유의 여신상은 내가 살아가는 인생의 불을 밝혀 주는 횃불이고, 포기할 수 없는 희망이며, 반드시 달성해야 할 미래의 지향점이자 내 의지인 것이다.

어린이 책에 꿈을 담고

백명식_일러스트레이터

··· 중환자실에 계시다 일반 병실로 옮기신 어머니는 전날보다 힘이 없어 보였다. 의사의 말이 투석을 해야 한다고 했다. 이미 고령으로 몸이 허약해질 대로 약해진 어머니는 투석을 한다고 해도 위험이 따른다고 덧붙여 얘기했다. 눈 뜨는 것조차 힘겨워 하시는 어머니의 얼굴을 보고 있자니 눈물이 났다. 복도로 나와 창밖으로 지나가는 차들을 바라보았다. 지난 일들이 주마등처럼 하나둘 순서 없이 한꺼번에 밀려왔다.

추운 겨울 어느 날, 아버지는 아파 누워 계셨다. 그래서 중학교 때부터 아버지가 하는 일을 대신 해야 했다. 나보다 큰 자전거에 막걸리 한 통을 싣고 산길을 올랐다. 손이 잘려 나갈 듯한 추위에 눈까지 내리고 있었다. 길이 미끄러워 넘어졌다. 플라스틱으로 만든 통은 순식간에 깨져 안에 들어 있던 막걸리가 한꺼번에 쏟아졌다. 하얀 눈 속으로 누런 막걸리가 다 스며들 때까지 서럽게 울었다.

어린 나이에는 어렵게 사는 우리 집을 원망했다. 어머니는 바느질과 뜨개질로 가계를 꾸려 나갔다. 미대에 가고 싶었지만 시골 마을 가난한 집에서 대학 가기란 꿈에도 생각 못할 일이었다. 더구나 미술 학원에 가서 그림을 배운다는 것은 상상조차 할 수 없는 일이었다. 다행히 각종 미술 대회에서 좋은 성적으로 입상하여 특전을 주는 대학으로 가게 되었다. 내 인생의 본격적인 고행은 이때부터 시작이었다. 학교 근처 화실에서 생활을 하며 막노동과 군고구마 장사로 학비를 벌어야 했다. 배는 항상 고팠지만 희망을 가지고 그림을 그렸다. 춥고 어두운 땅속에서 새봄을 꿈꾸며 새싹 돋듯 내 젊음도 그렇게 키워 나갔다.

군대에 갔다 와서도 그 같은 생활은 계속되었다. 그러던 어느 날 추위서 몸을 웅크리고 사다가 심한 기침에 잠을 깼다. 기침이 멈추지 않았다. 기침과 함께 피가 섞여 나왔다. 온몸이 식은땀으로 젖어 있었다. 그렇게 며칠을 어떻게 보냈는지 기억이 나지 않았다. 절망스럽거나 슬프지도 않았다. 힘겨운 하루하루였지만 희망은 항상 힘을 주었다.

두어 달 약 먹고 몸이 완전히 회복이 되었다. 학교를 마치고 취직을 해야 했다. 회화를 전공한 나를 받아 주는 데는 거의 없었다. 화실 하는 선배와 같이 서울 구의동에서 생활을 했다. 여전히 배가 고프고 생활은 고달팠다. 마침 종로2가에 있는 제법 알려진 출판사에서 일러스트레이터를 뽑는다는 광고를 보고 응시를 하였다. 300명이 넘는 응시자 중 4명이 뽑혔다. 대우도 좋고 근무 환경도 좋았지만 무엇보다 그림을 그릴 수 있다는 사실이 좋았고 행복했다. 그러나 그 생활도 3개월 만에 끝내야 했다. 회사가 부도 난 것이다.

다시 구질구질한 생활의 연속이었다. 그림을 그린다는 것 자체가 커다란 호사였던 당시에는 하루하루 연명하기가 그만큼 어렵고 힘들었다. 그러다 겨우 지인의 소개로 또 다른 출판사 미술부에 들어갔다. 지금은 일러스트에 대한 인식이 많이 달라졌지만 당시에는 편집과 글이 우선이었다. 책에 들어가는 그림은 말 그대로 글을 받쳐 주는 삽화일 뿐이었다. 작업 과정도 매우 까다롭고 힘들었다. 지금은 매킨토시라는 컴퓨터로 편집과 디자인을 하지만 당시에는 식자만 전문으로 하는 곳에서 글자를 쳐다가 칼이나 가위로 잘라 책 사이즈대로 나온 대지 위에 붙여 편집을 했다. 그림도 그 대지 위에 붙여 위치를 잡아 주고 디자인은 일일이 볼펜으로 써서 잡아 주어야만 했다. 그러나 그림을 그릴 수 있다는 것에 만족했고, 책 만드는 일에 재미를 붙여 나갔다. 좋은 책을 만드는 일이 얼마나 의미 있는 일인가 깨달으며 이 일을 평생 내 업으로 삼고 살아야겠다는 결심을 했다.

어느 정도 책 만드는 일을 배우고 나자 다른 출판사에서 편집장 대우로 스카우트 제의가 들어왔다. 꽤 높은 연봉과 조건으로 일을 시작했다. 하지만 전부터 외주 일을 해오던 터라 일이 밀려서 직장을 계속 다니기가 어려웠다. 이때가 기회다 싶어 프리랜서로 조그만 사무실을 얻어 본격적으로 그림을 그리기 시작했다. 신문, 잡지, 사보 그리고 출판사에서 들어오는 일은 밥 먹을 시간이 거의 없을 정도로 많았다. 작업실을 보다 좋은 대로 옮기며 일을 했다. 어떤 때는 기획에서부터 글을 쓰고 그림까지 그려 책을 만들어 주었는데 그림만 그릴 때보다 부가 가치가 높았다.

그러다 보니 점점 욕심이 생겼다. 더 좋은 글과 그림으로 책을 만들고 싶었던 것이다. 특별히 어린이 책에 눈을 돌려 어떻게 하면 아이들이 좋아하면서 성장에 도움을 줄 만한 책을 만들 수 있을까 치열하게 고민했다. 어린 시절, 미래를 꿈조차 꾸기 힘들었던 나의 지난날을 돌이켜 보며 책을 통해 아이들이 미래에 대한 꿈을 마음껏 꾸길 바랐다.

이렇게 밤낮을 가리지 않고 만든 책이 수백 권에 달했다. 얼마 전에는 신문사 선정 우수 도서 일러스트 부문상을 받았다. 그 책은 내자마자 베스트셀러 1, 2위로 올라와 있다. 좋은 글, 좋은 그림으

로 승부해야겠다는 의지와 노력의 결과는 시장에서도 큰 호응을
얻었다.

어린이들에게 꿈과 희망을 주는 일은 많은 어른들이 해야 할 몫
이다. 나는 좋은 책을 만들어 어린이들이 읽어 마음이 살찌고 정신
이 건강해지게 만드는 일이 남은 내 일이라 생각한다. 삶이 주는
행복은 내가 만드는 것이다. 아울러 병석에 누워 계신 어머니가 빨
리 회복되었으면 좋겠다.

당신이 있기에 삶이 든든합니다

히든 챔피언, 비트로

이윤호_지식경제부 장관

•• 장관으로 취임한 이후 시간이 날 때마다 자주 기업 현장을 찾았다. 기업인과 만나고 대화하는 일은 우리 정책을 현장과 가깝게 하는 데 많은 도움이 되었다.

그러던 지난 10월 부산의 신발 업체들을 방문하게 되었다. 신발 산업이라……. 거대 다국적 기업과 중국산 저가 제품 사이에서 악전고투하는 모습이 먼저 떠올랐다. '어떤 얘기로 희망을 줄 수 있을까?' 서울에서 김해공항으로, 그리고 낙동강을 따라 녹산공단으로 넘어가는 동안 고민은 계속되었다.

그런데 학산의 이원목 사장을 만나는 순간 더 이상 고민은 필요 없게 되었다. 희망을 전해 준 쪽은 내가 아니라 그였고, 나는 이 사장의 꿈과 열정에 전염되고 말았다.

이원목 사장은 35년 전 삼화고무에 입사하면서 신발과 처음 인연을 맺었다. 처음에는 낯설었지만 하나둘 일을 배워 갈수록 신발 산업에 대한 애정은 커져 갔다. 그러나 다른 한편으로는 독자적인 브랜드 없이 미국이나 일본 기업의 하청 노릇을 해야 하는 현실이 너무도 안타까웠다고 한다.

'자체 브랜드를 갖겠다'는 꿈 하나로 1988년 스포츠 신발 전문 업체인 학산을 설립했다. 처음에는 하청을 할 수밖에 없었지만 자체 브랜드를 위한 연구 개발은 계속되었다. 그리고 6년간의 작업 끝에 1994년 '빛으로'라는 뜻을 가진 '비트로Vitro'를 세상에 내놓았다.

품질에는 자신 있었지만 브랜드를 알리는 일은 쉽지 않았다고 한다. 이미 시장을 장악한 글로벌 기업과의 경쟁은 마치 다윗과 골리앗의 싸움과도 같았다. 포기하고 싶은 순간도 많았지만 이 사장은 좌절하지 않았다. 전국의 테니스와 배드민턴 동호회를 일일이 뛰어다녔고, 디자인과 품질 개발에 각고의 노력을 기울였다. 차츰 동호인과 선수들 사이에서 입소문이 퍼지기 시작했다. 소비자들이 믿어 주기 시작한 것이다.

지금 비트로는 잘나가는 외국 업체를 제치고 테니스화와 배드민턴화에서 시장 점유율 40%의 국내 1위 브랜드로 성장했다. 2008년과 같이 어려운 경제 여건에서도 지난해보다 30% 이상 증가한 480

억 원의 매출을 예상하고 있다. 요새 유행하는 '히든 챔피언'이라는 말이 잘 어울리는 작지만 강한 기업이라는 생각이 들었다.

자리가 마무리될 즈음 이원목 사장은 또 하나의 꿈을 이야기했다. "다음 올림픽에서는 우리 선수들이 일본 브랜드가 아닌 우리 상표를 착용하고 금메달을 따냈으면 좋겠다"는 것이었다. 그리고 이를 위해 연구 개발과 마케팅에 더 많이 투자하겠다고 한다.

희망은 처음부터 존재하는 것은 아니다. 꿈을 갖고 열정적으로 도전해 가는 사람에게 피어나는 것이 희망이다. 이원목 사장의 모습에서 나는 사양 산업으로 치부되던 신발 산업의 희망을 보았다. 많은 사람들이, 많은 분야에서 이러한 희망을 만들어 간다면 한국의 중소기업, 나아가 한국 경제의 새 길을 열게 되리라 믿는다.

나를 붙잡던 2살 민영이의 손

현정화_한국 마사회 탁구 감독

··· 한 달에 한 번 휴일을 이용해 어려운 이웃들을 찾아 봉사 활동을 나간다. 때로는 선수 시절의 동료들과 함께, 때로는 내가 지도하는 한국 마사회 탁구 선수들이 동반자가 된다. 독거노인들을 찾기도 하고 불우한 아이들을 방문하기도 한다.

봉사 활동을 할 때는 역시 사람 숫자가 많아야 좋다. 빨래하고, 청소하고, 아이들 목욕시키고, 밥 먹이고, 노인들께 반찬을 만들어 드리고, 땔감을 마련하는 일은 생각보다 중노동이다. 어떨 때는 밭에 나가서 잡초 뽑기도 해야 한다. 모인 사람이 많으면 내놓을 수 있는 후원금도 늘어난다.

몇 년 전 양평의 한 장애인 복지 시설로 갔을 때의 일이다. 뇌성마비 증세를 보이는 2살배기 여자아이를 맡아서 아이 돌보기 봉사를 한 일이 있다. 지금 그 아이는 5, 6세쯤 되었을 것이다. 아이는 심한 다운증후군을 앓고 있었다. 다리가 정상이 아니어서 혼자 걷지 못했고 기어 다니는 것도 힘겨워 했다. 눈의 초점도 맞지 않았다. 아이가 어딜 쳐다보는지 알 수 없었고 행동 또한 예측할 수 없었다.

하루 종일 아이와 놀고, 목욕시키고, 선물을 줬다. 아이는 손을 쓸 수 없었기 때문에 밥도 먹여 줘야 했다. '이 아이는 커서도 혼자 지낼 수 없겠구나' 하는 생각이 들었다. 부모가 아이를 버렸다고 들었다. '어떻게 아프다는 이유로 아이를 버릴 수 있을까. 그래도 이렇게 예쁜데'라는 생각이 떠나질 않았다.

오전 10시에 시작된 봉사는 오후 6시까지 계속됐다. 해가 저물었다. 집으로 돌아갈 시간이었다. 아이는 내 품에서 떨어지지 않으려고 안간힘을 썼다. 사랑을 받지 못한 아이들은 조금이라도 자기에게 관심과 애정을 보이는 사람을 만나면 손을 놓지 않는다. 그런 아이들의 필사적인 손힘이 얼마나 센지 나는 그때 처음 알았다. 아이는 울면서 떼를 썼고 나도 발걸음이 떨어지지 않았다. 비슷한 나이인 나의 두 아이들 생각이 났다. 돌아서는 순간에 울컥 눈물이 올라왔다. 다시 오겠다는 다짐을 하면서 나는 돌아섰다.

이튿날 나는 분주한 현실 속으로 돌아갔다. 내가 맡고 있는 한국 마사회 선수들 훈련장에 가면 선수들의 어설픈 드라이브와 백핸드

수비력이 먼저 눈에 띈다. 그러면 나는 고함치고 질책하며 선수들을 독려하기 시작한다. 어제의 기억은 빠르게 잊혀진다. 그렇게 시간은 흘러간다. 아이도 잊혀진다.

봉사는 어찌 보면 하는 자에게 만족을 주는 일이다. 내가 쉴 것을 쉬지 않고 남에게 바쳤다는 뿌듯함, 휴식보다 더 귀한 시간을

봉사는 어찌 보면 하는 자에게 만족을 주는 일이다.
내가 쉴 것을 쉬지 않고 남에게 바쳤다는 뿌듯함,
휴식보다 더 귀한 시간을 보냈다는 마음의 포만감을 느끼게 된다.

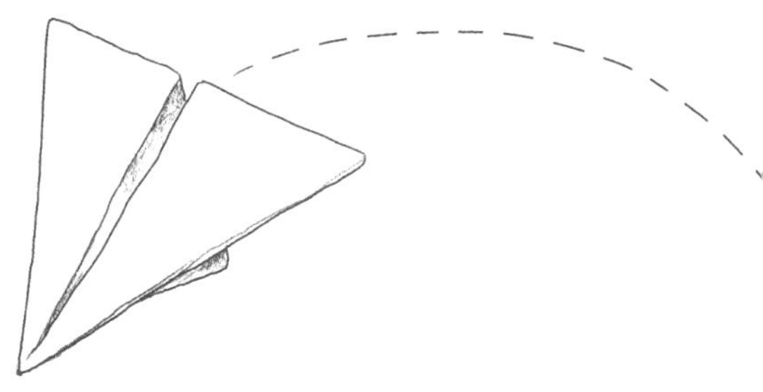

보냈다는 마음의 포만감을 느끼게 된다. 그래서 봉사한 다음 날은 몸과 마음이 가볍다. 선수들 역시 자기의 처지를 다시 돌아보고 많은 것을 느끼고 봉사에 할애한 시간 이상의 것을 얻어서 돌아온다.

하지만 나는 진정한 봉사를 한 것일까? 바쁘다는 이유로 그때 그 아이를 잊고 지낸 나의 마음속에서는 '이런 일은 내가 힘들고 시간이 없을수록 더욱 애써서 해야 하는 것 아닌가'하는 메아리가 울린다. 나와 하루를 보냈지만 남은 364일 동안 그 아이는 어떻게 지낼까? 왔다 떠나는 나 때문에 마음에 더 상처를 입지는 않았을까? 돌아설 때 나를 붙잡던 그 아이의 손길을 생각하면 지금도 가슴 한구석이 먹먹해진다. 이번 겨울엔 꼭 다시 그 아이를 찾아봐야겠다.

떴다! 할머니 삼총사

김대수_강원도 삼척시장

••• 강원도 삼척시 도계읍은 1960~70년대 전국에서 손꼽히는 석탄 생산지로 호황을 누린 곳이다. '개도 1만 원짜리를 물고 다닌다'는 말이 있을 정도였다. 그러나 1990년대 들어서면서 석탄 산업 합리화 정책으로 인구가 격감, 지역 경제가 위기를 맞으면서 도계 지역 4,946세대의 8.2%인 407세대가 기초 생활 수급자일 만큼 어려운 이웃들이 늘어났다.

그런 도계에 지금 따뜻한 바람이 불고 있다. 바로 할머니 산타클로스 삼총사의 등장 때문이다. 장석자, 최옥자 그리고 김춘하 할머니가 그 주인공들이다. 이들 할머니 세 분은 1980년대 초 교회에서 만나 '사랑의 도시락 만들기' 행사 등 각종 봉사 활동에 참여해 온 천사 할머니들이다. 올해를 기점으로, 고령자 배려 차원에서 고된 자원 봉사자 명단에서 제외되자 할머니 삼총사의 산타클로스 작전이 본격적으로 시작됐다.

세 분 할머니는 2008년 6월부터 함께 폐품 수집에 나섰다. 기존의 수집자들과 마찰을 피하기 위해 주로 새벽과 밤에만 모았다. 폐지 1kg에 120원, 빈 병은 1개당 12~13원밖에 받지 못하지만 열심히 모아 재활용 센터에다 팔았다. 낮에는 산에 올라가 인진쑥을 뜯어 환을 만들어 팔았다. 주변 행사장에서 부침개 등 음식 주문이 들어오면 음식도 만들어 팔고 일이 있는 곳이라면 어디든 달려가 품을 팔고 돈을 모았다.

그렇게 땀 흘려 모은 돈이 150만 원이었다. 세 분 할머니는 그 돈을 한 푼도 남김없이 부모가 없거나 가족의 보살핌을 받기 어려운 학생들의 장학금으로 내놓았다. 가진 사람들에겐 작은 돈에 불과하겠지만 불볕더위에 손수레를 끌며 흘린 70대의 땀과 정성을 감안하면 무엇과도 바꿀 수 없는 거금이었다. 세 분 할머니는 이외에도 시간이 나면 틈틈이 떡과 우유, 빵을 들고 강릉 교도소를 찾는 등 어려운 사람들을 찾아 나선다.

벌써 수십 년, 남을 위해 선행을 베풀어 오고 있지만 정작 자신들은 녹록하지 않은 삶을 사는 분들이다. 독거노인도 있고 병마와 싸우는 할머니도 계시다.

강릉이 고향인 장석자 할머니는 22살에 도계로 시집 와 2년 만에 광부로 일하던 남편을 탄광 사고로 잃었다. 당시 7개월 된 딸이 있던 할머니는 한복 짓는 일을 하며 생계를 이어 왔다. 지금은 기초 생활 수급비와 기초 노령 연금으로 생활하고 있다. 딸이 수원에 살지만 "폐지 수집하느라 시간이 없어서 얼굴 본 지 오래됐다"고 너털웃음을 흘리신다.

광부였던 남편과 4년 전 사별한 최옥자 할머니는 홀몸이다. 울진이 고향인 최 할머니 역시 기초 생활 수급비와 노령 연금으로 한 달을 산다. 김춘하 할머니는 음식점을 운영하는 아들이 있어 그나마 생활이 나은 편이다. 그러나 지난 8월 암 수술을 받아 건강이 좋지 않다. 다행히 최근 몸이 좋아지면서 다시 폐지 줍기에 동참했다.

집에서 편히 쉬시지 왜 사서 고생을 하시냐고 여쭤 보았다. 할머니들은 "나이를 더 먹으면 시켜도 못할 테고, 또 나라에서 생활비도 받는데 우리도 좋은 일을 해보자는 것"이라며 "어렵지만 열심히 살아왔고, 그래서 어딘가 우리처럼 그늘진 곳에 있는 사람들을 위해 할 수 있는 일을 찾아서 할 뿐"이라고 겸연쩍어 하셨다. 엄동설한인 이 계절에도 할머니들은 손수레를 끌고 거리로 나서고 있다. 산타가 실재한다면 바로 이런 모습이 아닐까?

온몸이 뒤틀려도 그녀는 웃는다

정경희_서풍건설 구내식당

· · 김해공항 옆에 있는 덕두마을에 이사 온 지 벌써 3년이다. 이 마을엔 늘 환하게 웃는 미소 천사가 있다. 성아는 34살의 소아마비 1급 장애인 아가씨다. 손도 다리도 발도 뒤틀려 먹는 것도 걷는 것도 마음대로 할 수 없는 몸이지만 그녀는 늘 환하게 웃는다. 사계절 하루도 빠짐없이 낡은 유모차를 끌고 열심히 박스를 모으러 다닌다. 세상이 다 어렵고 힘들다고 하지만 성아는 늘 행복해한다.

오늘은 박스가 너무 많아 이모에게 고맙다고 몇 번이고 "감사합니다"를 연발한다. 힘들어 속상해하다가도 성아를 보는 순간 나도 모르게 웃음이 난다. 발음이 서툴러도 남이 알아듣게 하려고 애쓰는 모습이 얼마나 대견해 보이는지 온 얼굴이 뒤틀려도 그녀는 웃는다.

82살 노모와 단둘이 산다면서 "엄마는 이가 없어 불쌍해요"라는 그녀의 말에 얼마나 가슴이 저려 오던지……. 먹으라고 빵과 음료수를 주면 "이모, 빵 이거 주머니에 넣어 주세요"란다. 왜 그러냐니까 "엄마 가져다 주려고요"라고 대답한다. 세상에 이렇게 아름다운 천사가 또 있을까. 요즘 젊은이들이 부모에게 행패를 부리고 불효한다는 소릴 많이 듣는다. 그녀는 팔순 노모를 부양하는 1급 장애인 가장이다. 그렇게 한 달 동안 모으면 벌이가 얼마나 되냐고 물었더니 만 원이라는 말에 기가 막혀 가슴이 멍했다. 하지만 박스가 많이 나온 날은 기분이 좋아 걸음이 잘 걸린다면서 한여름 내 까맣게 그을린 얼굴에 하얀 이를 드러내면서 활짝 웃는 성아가 얼마나 아름다워 보이는지. 그 모습을 보면서 "건설 현장 식당에서 설거지를 하는 나는 설거지 전문가고 성아는 박스 수집 전문가네" 했더니 또 활짝 웃는다.

나는 가진 것이 아무것도 없다고, 어렵다고 힘들다고 투정하지 않는다. 육십을 바라보는 나이지만 일할 수 있는 건강한 육신을 주신 하나님께 늘 감사한다. 새해엔 덕두마을 주민들이 대문 앞에 박스를 많이 모아 두면 좋겠다. 그래서 차가운 겨울바람을 등에 업고 유모차를 밀고 다니는 성아가 내년 따스한 봄이 올 때는 더 많은 박스를 모을 수 있었으면 좋겠다.

오늘은 시장에 나가 성아가 부탁한 235mm짜리 털신을 꼭 사올 것이다. 그 털신을 신고 다른 사람에겐 5분 걸리는 길을 1시간 걸려 걷는 성아가 30분 만에 걸어갈 수 있기를 간절히 기도할 것이다.

소금 장수 이야기

유상곤_충청남도 서산시장

···우리 생활에 소금만큼 반드시 필요한 것이 있을까? 소금은 인간의 혈액에 1%가 채 안 될 만큼 존재하지만, 우리 몸의 생리적 균형을 유지시켜 주는 꼭 필요한 식품이다

또, 음식 맛을 내는 중요한 조미료이기도 하다.

우리 지역 서산에도 소금과 같은 사람이 있다. 대산읍 영탑리에서 소금을 생산하는 강경환 씨다. 그는 한평생 천일염을 만들어 왔다. 그를 처음 만나는 사람은 악수하기 위해 손을 내밀다가 몹시 당황한다. 어디를 잡아야 할지 알 수 없기 때문이다. 그는 두 손목이 없는 1급 장애인이다. 하지만, 그는 "괜찮아유~, 아무 데나 잡

아두 돼유~” 하는 구수한 사투리와 함께 어디를 잡아야 할지 망설였던 상대방의 마음까지 부끄럽게 만든다. 그리고 잘린 팔목을 잡는 순간 그가 얼마나 따뜻한 사람인지 이내 알게 된다.

내가 그를 제대로 알게 된 것은 얼마 전이다. 지난 11월경 이름도 없이 ‘어려운 이웃에게 전달해 주세요’란 메모만 담긴 소금 포대가 대산읍 50포대, 지곡면 30포대, 성연면 40포대 등, 여러 읍면동 사무소 현관 앞에 쌓인 일이 있었다. 새벽에 일어난 일이라 직원들도 몰랐다. 나중에 수소문해 보니 보낸 이가 바로 강경환 씨였다. 더욱 놀라운 것은 남 몰래 어려운 이웃을 도와 온 지가 15년이 넘었다는 것이다.

그는 부자가 아니다. 바로 몇 해 전까지 기초 생활 수급자였다. 물론 염전도 자기 것이 아닌 임대다. 그의 아내의 평생소원이라던 아파트를 장만한 것도 겨우 얼마 전이다. 그런 그에게 “애써 지은 소금을 다 퍼주고 나면 당신은 뭐 먹고사느냐”고 물었다. 그 물음에 그는 주저하지 않고 “제가 이웃에게 하나를 베풀면 하늘에서 나한테 2개를 줘유~”라고 대답했다. 그리고 자기가 어려운 이웃을 돕는 것이 아니라 소금이 돕는 거란다. 이것이 그의 마음이다.

장애가 있는 그가 일반인도 하기 힘든 염전 일을 어떻게 할 수 있었을까? 며칠 전 대산읍에 들를 일이 있어 영탑리에 갔다. 탁 트인 서해바다에서 불어오는 갯바람이 막혔던 가슴을 시원하게 했고 바둑판처럼 정렬된 염전이 한눈에 들어왔다. 거기가 강경환 씨의 직장이었다. 멀리서도 양 손목 없이 일하는 그의 모습은 특이해 보였다. 하지만 그의 삽질은 능숙하기만 했다. 삽의 삼각진 머리에 오른손을 끼우고 왼손으로는 삽대를 받쳐 소금을 얹는다. 그가 삽질을 제대로 하기까지에만 3년이 걸렸단다. 세상 모든 일이 그에겐 보통 사람보다 몇 배 몇십 배 힘들고 더뎠다.

그런 그가 올해 새로운 소망이 있다고 한다. 올해 초 그동안 해오던 봉사를 좀더 체계적으로 하기 위해 '밀알'이라는 단체를 만들었다. 더 많은 사람들에게 소금을 나누어 주기 위해서다. 아직까지는 그가 밀알의 대표 겸 직원이고, 또 후원자다. 그의 서글서글한 눈을 보고 있으면 소금으로 사랑을 나누고픈 마음이 보인다. 자기 몫 챙기기에도 바쁜 세상에 이런 양반이 또 있을까 싶다. 한평생 소금을 만들었기에 소금을 닮은 것일까? 이런 사람이 있어 이 세상은 아직 살 만하고 희망이 있다.

민정이의 아름다운 선행

나경원_국회의원

연말이 되면 정기 국회, 임시 국회로 이어지는 바쁜 국회 일정 속에 각종 행사까지 겹쳐서 무척 분주하다. 예산 처리, 법안 처리 일정은 마음을 각박하게 만들지만, 이맘때 누리는 나만의 특별한 행복이 있다. 그것은 〈굿 프렌드〉 수상 추천서를 읽는 일이다. 다섯 번째 열리는 국회 연구 단체 '장애 아이 위 캔' 행사 중 하나인 〈굿 프렌드 상〉의 시상을 위해 전국 각지에서 온 400통 넘는 추천 서류를 읽으면 때론 웃음이 나고, 때론 뭉클함이 느껴진다.

장애 아동의 학교생활을 도와주는 마음 예쁜 급우, 굿 프렌드는 단순히 좋은 친구라고 말하기에는 부족하다. 참 기특하고도 신통

한 친구들이다. 본인도 선천성 환코니 빈혈 환자로 발육 상태가 좋지 않음에도 1급 지체 장애 학생을 위해 휠체어를 밀어 주는 아이, 1년 동안 함께한 장애 친구와 또다시 같은 반이 되겠다고 손드는 아이, 소녀 가장 같은 처지라 집안일을 도맡아 해야 하면서도 학교에 와서는 장애 친구의 손과 발이 되어 주는 아이. 더구나 이 친구들 대부분이 자신도 어려운 처지고 넉넉하지 않다는 것은 놀라운 일이다.

선영이는 초등학교 4학년짜리 뇌병변 3급 장애아이이다. 밥 먹는 것도, 걷는 것도 느리기만 하다. 겨울이 되면 감기에 걸려 콧물이 주르르 코끝에 매달리지만 닦을 생각도 하지 않는다. 아이들은 그러지 말아야지 하면서도 왠지 깔끔하지 않은 선영이 옆을 슬금슬금 피한다. 선영이는 마음속으로 그런 친구들이 야속하다. 그런데 짝꿍인 민정이만은 얼른 휴지로 선영이의 콧물을 닦아 준다. 빨대가 없으면 우유팩의 우유를 못 마시는 선영이를 위해 빨대를 챙겨 주기도 하고, 급식으로 나오는 돈가스가 너무 커서 넘기기 힘들까 봐 조각으로 잘라 주기도 한다. 다른 친구들은 종이 치면 우르르 운동장으로 달려 나가기 바쁘지만, 민정이는 느릿느릿 걷는 선영이를 앞에서 뒤에서 밀고 당기며 운동장으로 데리고 나간다.

그런데도 선영이는 늘 민정이에게 퉁명스럽기만 하다. 지칠 만도 한데 민정이는 선영이에게 늘 다정함을 잃지 않는다. 한번은 보조 교사가 없어 석굴암에 가지 못하게 된 선영이를 담임선생님께 우겨 대면서 데려가기도 하였다. 이런 민정이 덕분에 이제 선영이는 학급에서 우유 배급 당번도 하면서 한 사람의 어엿한 학급 구성원으로 당당히 자리매김하게 되었다.

민정이의 생일에 선영이는 공책을 쭉 찢어 편지를 보냈다.

'세상에서 째일 사랑하는 친구 민정아. 고마워.'

우리 사회는 아직 선영이를 넉넉히 받아들이기에 많이 부족하다. 그러나 "장애 아이는 교육시켜 봐야 보통 아이와 같을 수 없다"고 이야기하는, 똑똑한 어른들의 이기심을 말없이 야단치는 민정이의 따뜻한 마음과 묵묵한 행동 속에서 우리는 희망을 본다. 한없이 춥기만 한 올겨울이지만, 주위의 장애 아이들과 함께 어려움을 이겨 나가는 어린 친구들을 생각하면 가슴이 따뜻해진다. 이런 아이들이 있기에 우리가 아직 희망을 꿈꿀 수 있는 것 아닐까.

똑순이 고물 아줌마

하경희_영칼국수 운영

··· 터미널 부근에 조그만 분식점을 차린 지 벌써 2년째다. 50년을 별 어려움 없이 생활하다가 어느 날 갑자기 집안에 사정이 생겨 타향에서 칼국수집을 하게 되었다. 다른 음식 놓아두고 칼국수집을 차린 이유는 잘할 줄 아는 음식이 칼국수였기 때문이다. 원래부터 국수를 좋아했고 음식 하는 걸 좋아했기에 차린, 테이블 서너 개짜리 구멍가게다.

위치가 터미널 부근이다 보니 별의별 사람을 다 만난다. 양복을 차려 입은 말쑥한 신사 분에서부터 허리가 땅에 닿을 정도로 굽은 걸인 할머니, 젊은 청년, 옆집에 잠깐 배달 갔다 오면 국수값도 안 주고 몰래 가버리는 사람들, 구걸하는 사람들…….

몰래 도망가는 사람들을 생각하면 안쓰러운 마음이 먼저 든다. 오죽하면 국수값도 못 주고 갔을까 싶은 생각에 씁쓸한 웃음이 나온다. 개업 초기에는 사람들이 구걸을 해오면 누구를 막론하고 천 원씩 주었더니 소문이 났는지 매일 구걸하는 사람들이 들끓기도 하였다. 그 돈이 매일 돈 만 원에 육박하니 작은 가게 매출에 적잖은 영향을 끼치는 터라 요즘은 가려 가며 꼭 돈이 필요해 보이는 사람에게만 적선한다.

장사가 잘 돼 떼돈을 버는 건 아니지만 작은 금액이나마 적선하고 나면 마음이 편하다. 가장 딱해 보이는 사람들은 매일 혼자 와서 밥을 사먹는 중년 남자들이다. 가족이 있을 법도 한데 아내와 자식들은 어디 두고 혼자 밥을 먹는지, 어렵다는 경제 탓이려니 하다가도 한 시절 살아가는 일이 만만하지 않다는 생각에 또 한숨을 내쉬어 본다.

갑자기 사정이 생겨 팔자에 없는 식당을 차렸지만, 다행히도 일이 잘 풀려 내년에는 고향으로 돌아가게 될 것 같다. 짧은 시간이었지만 사람들과 정이 많이 들어서인지 벌써부터 가슴이 찡하다. 이래저래 인사 트고 알게 된 사람들이 많기 때문일 것이다. 특히 폐지 줍는 고물 아줌마와의 이별이 제일 마음 아플 것 같다.

작고 왜소한 체격에 베트남 사람같이 까맣고 예쁘장하게 생긴 50대 초반의 아줌마. 그녀의 별명은 똑순이 고물 아줌마다. 하도 열심히, 성실하게 일한다고 해서 주변 분들이 붙여 준 별명인데, 그녀는 눈이 오나 비가 오나 새벽 6시부터 밤 12시가 넘도록 온 동네를 수차례 다니면서, 고물이 되는 건 다 주워 모아서 팔며 생계를 유지하는 소문난 억척이다. 얼마나 열심히 하는지 국수집보다 수입이 더 낫다고도 한다.

가끔씩 가게에 들러 칼국수를 사먹기도 하는 단골손님이다. 힘든 일을 하기 때문일까. 작은 체구임에도 먹는 양은 나의 두 배나 된다. 그녀가 들어서면 난 아끼지 않고 반찬을 꺼내 놓는다.

고물을 취급하다 보니 다른 사람들에게 폐를 끼칠지도 모른다며 들러도 꼭 사람들로 붐비는 점심시간을 피해서 오는 똑순이 고물 아줌마. 고물을 가져갈 때도 그냥 가져가지 않고 주변 청소까지 말끔하게 할 줄 아는 센스쟁이 아줌마. 안 해본 일이 없다고 푸념하면서도 고물 줍는 일이 세상에서 제일 쉽다고 말하며 환하게 웃을 줄 아는 그녀는 이 골목의 활력소이다.

하루는 커피나 한잔 하고 가라며 지나가는 걸 잡았더니 정말 고마운 사람을 봤다며 싱긋 웃었다. 사연인즉, 폐휴지를 가득 싣고 추위에도 땀을 뻘뻘 흘리며 리어카를 끌고 오는데 웬 노인분이 승용차에서 클랙슨을 누르며 손짓을 하더라는 것이다. 차 트렁크에 버릴 물건이 있나 해서 다가갔더니 낡은 지갑에서 돈을 2만 원 꺼내 주더라는 것이다. 극구 사양했음에도 어느새 돈을 찔러 주고 쏜

살같이 사라져 버렸단다.

그날 똑순이 고물 아줌마는, 비록 신사가 찔러 준 돈은 2만 원이었지만 그 마음씨는 2백만 원, 아니 그 어느 가치로도 따질 수 없는 것이었다며 자신도 열심히 돈을 모아서 좋은 일에 쓰겠다는 뒷말을 남기고 언제나 그렇듯 씩씩하게 리어카를 끌고 사라져 갔다. 아직은 이렇듯 따스한 마음을 지닌 사람들이 있기에 어렵지만 이 세상은 살 만한 것이라고, 그날 나는 사라지는 그녀의 뒷모습을 오래도록 눈에 담으며 모처럼 웃어 보았다.

정직으로 빚은 동동주

황주홍_전라남도 강진군수

강진군 '병영주조' 김견식 대표는 일흔이 넘은 술 공장 사장이다. 처음엔 '남의집살이'로 일하기 시작했다. 그게 57년이었다. 주인의 권유로 86년 주조장을 인수, 오늘에 이르렀다.

한평생 술 빚고 술 팔며 살아왔다. 경영, 마케팅, 홍보, 이런 거 몰랐다. 연간 매출은 늘 1, 2천만 원이었다. 인동에 차츰 입소문이 나면서 3, 4천, 마침내 5천만 원대로 올라선 게 2005년이었다. 2006년 8천만 원, 2007년엔 1억까지 돌파했다. 2008년 말 예상은 1억 8천이다.

별거 아닐 수도 있고 별거일 수도 있는 실적이다. 내용은 '섬싱

스페셜'이다. 유례없는 불경기라고 온 세상이 난리인데 병영주조
는 오히려 유례없는 호경기를 누리고 있으니 말이다. 불경기라 해
서 다 안 되는 것도 아니고, 호경기라고 다 잘되는 것도 아니다. 호
경기에도 문 닫는 식당이 있고, 불경기에도 돈 버는 식당이 있다.
소풍 간다고 다 보물 찾는 것 아니고, 장대비 쏟아진다고 다 옷 젖
는 것 아니다. 세상은 제 하기 나름이다.

　나는 그가 '전남에서 가장 순박한 분'으로 보인다. 속을지언정 속
이지 못하는 성격 그대로 산다. 삶에 과장이 없다. 늘 같은 표정으
로 소년처럼 웃는 게 전부다. 고스톱도 모르고, 의아해할 수도 있
겠지만 술도 모른다. 오직 술 빚는 일을 위해 평생을 살아온 것이
다. 오늘 이 작은 성공의 가장 큰 성장 동력이 바로 여기다. 거짓과
위선과 탐욕과 오만이 판치는 이 땅에서 그는 《25시》의 주인공 요
한 모리츠와 같은 존재다. 아닌 것 같지만, 정직과 성실 그리고 겸
손이야말로 시장 감동의 핵심 원리다.

　그는 한 번도 수입 쌀을 쓰지 않았다. 왜 강진 쌀만 쓰느냐는 물
음에 "처음부터 판매량이 많지도 않았기 때문"이라는, 딱 맞지는
않지만 공명을 일으키는 말로 답변한다. 적잖은 업체들이 수입 밀
가루를 쓰지만, 그는 늘 국산 전분을 사용한다. 그의 동동주가 맑
고 투명한 것은 이 때문이다.

　대기업은 매출의 10% 내외를 연구 개발에 쏟는다. 그는 매해

30% 이상씩을 써 왔다. 내년 설비 투자만 1억 5천이라니 총매출의 80% 이상을 붓겠다는 거다. 자선 사업도 아닌데 믿기 어렵다. 형언키 어려운 집념이자 열정이다. 불경기를 비웃는 성장의 비결이 또 여기에 있다.

우량 기업이라면 재구매율이 70%를 넘어야 한다는데, 병영주조의 경우 한번 마셔 본 사람이 또 구입해 가는 비율이 70~80%쯤이라고 그는 짐작한다. 일본 수출 길도 '김견식 동동주'에 대한 입소문이 일구어 낸 개가다. 지난달 복분자 막걸리와 동동주를 6천만 원어치 선적했는데, 앞으로 연간 10억 정도 수출을 예상하고 있다. 그쪽 소비자들 반응도 좋다는 소식이다.

일본엔 100년 이상된 기업이 1만 개인 반면, 우린 50개도 안 된다. 수만 개미 군단 장인匠人들의 묵묵함이 일본에 있다면, 우리나라에선 10년 내리 한 우물 파는 사람조차 찾기 어렵다. 지금은 아들 영희 씨가 대를 이어 52년째 주조 외길을 걷는 그는 우리 시대 장인이다. '장인 김견식'은 불황의 늪으로 빠져 들어가는 한국 사회에 작지만 뚜렷이 빛나는 별이다. 그의 정직이 빚은 동동주 맛은 대한민국 경제 회생을 상징하는 견고한 희망이다.

아름다운 동행

김영희_전 국가대표 농구 선수

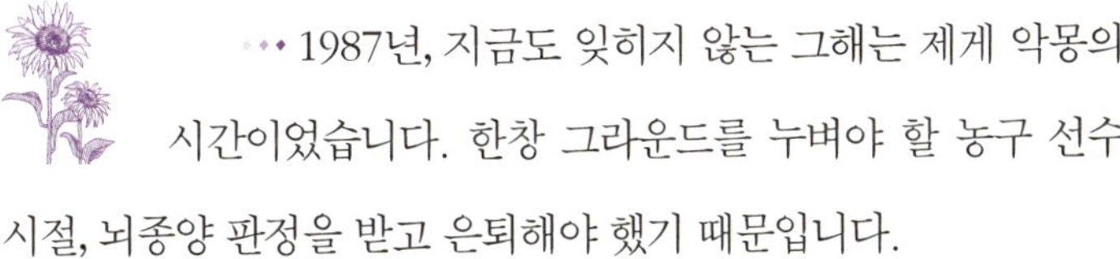

    ••• 1987년, 지금도 잊히지 않는 그해는 제게 악몽의 시간이었습니다. 한창 그라운드를 누벼야 할 농구 선수 시절, 뇌종양 판정을 받고 은퇴해야 했기 때문입니다.

은퇴 뒤 저는 8평 단칸방에서 커튼을 내린 채 세상과 담을 쌓았습니다. 그렇게 병마와 싸우다가 2002년 가을, 우연히 한 방송국의 도움으로 병원에서 진단을 받은 결과 말단 비대증, 즉 거인병 판정을 받았습니다.

그 판정은 제게 일종의 사형 선고였습니다. 당장 치료하지 않으면 심장까지 부풀어 결국에는 목숨이 위태롭다는 진단이 내려졌기 때문입니다. 치료받을 돈도 없고 엄청난 후유증을 견딜 자신도 없었기에 저는 나약하게도 죽을 결심부터 했습니다. 그러나 세상 사람들은 그런 저에게 희망을 이어 갈 수 있는 따뜻한 손길을 내밀어 주었습니다. 보도를 접한 많은 분들이 도움을 주고자 십시일반 작은 힘을 보태 주셨거든요.

저는 단칸방의 커튼을 활짝 열어 젖혔습니다. 지독한 외로움, 세상에 대한 두려움을 밀어 내니 충만한 사랑과 기쁨의 빛이 방 안으로 가득 밀려왔습니다. 저는 조금씩 세상을 향해 발걸음을 디디며 삶의 에너지로 온몸을 태우기 시작했습니다.

매월 연금으로 받는 20만 원이 제 수입의 전부입니다. 저는 그것을 아끼고 아껴 5만 원만 생활비로 쓰고, 나머지 돈을 이웃들을 위해 쓰고 있습니다. 제가 받은 사랑을 나누어야 한다고 믿기 때문입니다.

이곳 부천시 오정동 590번지에는 의지할 사람 하나 없는 외로운 어르신들이 많이 살고 있습니다. 저는 요즘 며칠을 굶은 할아버지들을 찾아다니며 호박죽과 수제비를 만들어 드리고, 말벗이 되고 있습니다. 하루 이틀, 그런 시간이 계속되자 키와 덩치 때문에 꺼려 하던 이웃들이 가족처럼 환하게 미소 지으며 마음의 문을 열고 제게 다가왔습니다.

사랑은 나누면 나눌수록 커진다지요. 저는 몇 달 모은 돈으로 그분들과 함께 파주에 있는 장애우 시설을 찾아가 봉사하기도 합니다. 참으로 행복한 동행이지요.

　며칠 전 관악산에 있는 관음사 큰스님에게서 연락이 왔습니다. 제 이야기가 담긴 자전적 에세이 《영희 씨 희망을 쏘아 올리다》를 읽어 보셨다며 저에게 어려운 이웃을 위해 애쓴다는 격려의 말씀을 해주셨습니다. 그러고는 신도들이 시주한 쌀 20kg 40포대와 100만 원의 현금을, 정부 지원을 받지 못하는 어려운 이웃에게 전달해 달라고 부탁했습니다. 경제가 어려워져 공식적인 지원을 받지 못하는 이웃들이 더더욱 힘들 것이라는 말씀과 함께요.

　큰스님 말씀대로 요즘 사는 게 팍팍한 만큼 그나마 이어지던 후원이 줄어 정말 끼니조차 거르는 사람들이 적지 않습니다. 한참 먹을 나이인데도 등굣길에 아침조차 먹지 못하는 소녀 소년 가장들, 의지할 자식도 없고 난방도 안 돼 추운 겨울을 보내는 어른들께 큰스님의 뜻을 전하고 쌀과 성금을 전달할 생각을 하니 너무도 기쁘기 그지없습니다.

　저는 죽는 그날까지 약과 주사에 의지하며 살 수밖에 없는 몸입니다. 그래도 마음만은 감사와 평화로 가득 차 있습니다. 그 이유는 비록 나 자신이 힘들지만, 그 가운데에도 세상과 사랑을 나눌 수 있기 때문입니다. 이것이 바로 행복이라고 하는 것 아닐까요? 세상을 사는 이유가 행복을 위해서라면, 저는 비록 불편한 몸이지만 이미 그 목표를 달성한 셈입니다.

요즘은 나라가 힘들어 웃을 일이 없다고들 말합니다. 정말 그렇
다면 이웃에게 손을 한번 내밀어 보세요. 당신도 모르는 사이에 얼
굴에 미소가 번질 겁니다.

나누면 나눌수록 커지는 행복

박시호_우체국예금보험지원단 이사장 겸 〈행복편지〉 발행인

···저는 우리가 점점 더 꿈과 희망을 잃어 가는 것은 아닌가 하는 안타까움 속에서, 그래도 우리 사회가 희망이 있으며 행복해질 수 있다는 메시지를 전하기 위해 매일 아침 이메일 편지인 '행복편지'를 전국 각지에 사는 각양각색의 사람들에게 보내고 있습니다. 편지를 주고받으면서 저는 많은 사람들이 어려움 속에서도 희망을 잃지 않고 사는 모습을 보았습니다.

그들은 "마치 마약에 중독된 사람처럼 아침에 행복편지를 읽지 않으면 일을 할 수가 없다"거나 "어떤 고난이 닥쳐와도 헤쳐 나갈 용기와 자신이 생겼다"라고 말합니다. 또한 "행복편지 덕분에 컴맹에서 벗어났다"는 분도 계시고 심지어는 "불우이웃을 돕는다는

것은 남이 하는 일인 줄만 알았는데 행복편지 때문에 큰 사고를 쳤습니다. 저 스스로도 놀랄 만큼의 금액을 처음으로 불우 이웃 돕기 성금에 기탁을 하였거든요. 나도 남을 배려하는 마음이 있다는 사실에 내 스스로 놀랐다”며 글을 보내 주신 분도 있습니다. 이런 글들을 보면서 저는 행복은 나누면 나눌수록 줄어드는 것이 아니라 늘어나는 것이라는 사실을 알게 되었습니다.

누구에게나 아픔이 있듯 제게도 큰 아픔이 지나갔습니다. 1997년 결혼 이후 행복한 삶을 이어 가던 중 갑자기 대우 사태가 일어나 회사를 떠나게 되었습니다. 어렵고 힘든 상황 속에서 아내가 둘째 딸을 출산하게 되었는데 그 과정에서 아내에게 위암이 있다는 것을 알게 되었습니다. 암이라고는 가까운 주변에서조차도 경험하지 못했기에 사형 선고라는 생각이 들면서 눈앞이 캄캄하고 하늘이 무너지는 절망에 빠졌습니다. 항암 치료 중 아내가 통장을 정리하며 집안일이며 아이들에 관한 것 등 이것저것 말해 주는 것이 마치 유언 같았습니다. 그동안 아내와 가정에 성실하지 못했던 기억들이 가슴을 때리면서 사람을 미치게 만들더군요.

이처럼 큰일을 겪으면서 저는 나와 가족 이외에는 마음을 닫았습니다. 그러던 중 누군가에게 ‘행복편지’를 받게 되었고 조금씩 마음을 열고 변하게 되었습니다. 많은 사람들이 어려움을 견디고 있음을 알게 되면서 우리 가족은 다시 얼굴에 미소를 찾게 되었고 늘 감사하는 마음을 가지게 되었습니다. 행복한 사람의 눈에는 행복만 보이고, 불행한 사람의 눈에는 불행만 보인다는 사실도 제가 어려운 시기를 견디며 몸으로 느낀 깨달음입니다. 사람들은 역경에 처했을 때 주변 환경이 모두 자기에게만 불리하게 작용한다고 생각합니다. 그러나 그 역경은 잠시 몸과 마음에 괴로움을 줄 뿐 극복하기만 하면 더 많은 이로움과 행복을 가져다줍니다.

기차 여행을 하다 보면 아름다운 꽃들이 손을 흔들고, 아름다운 금빛 모래사장이 유혹할 때도 있지만, 때로는 어둠 속의 긴 터널을 지나기도 하지요. 행복이 영원하지 않듯 고난과 역경도 영원하지 않습니다. 그 둘은 서로를 보완하며 끝없이 우리 인생을 단단하게 하는 역할을 합니다. 무슨 일을 계획하고 나서 시작도 하지 않고 포기한 적은 없으세요? 그렇다면 지금 당장 도전합시다. 그리고 최선을 다해 봅시다. 넘어지지 않고 달리는 사람에게는 보내지 않을지라도, 넘어졌다 일어나 다시 달리는 사람에게 사람들은 박수를 보냅니다. 우리는 박수 받을 사람도 박수를 보낼 사람도 많은 저력 있는 민족입니다.

작은 기도, 큰 소망

표석봉_시인

지난 11월 초순경 일이다. 11월 날씨답지 않게 찬 바람이 차창 틈을 비집고 들어오고 있었다. 경전 남부선 열차 안은 조용하기보다 을씨년스럽기까지 했다.

열차의 승객이라고는 통학하는 학생들, 농촌의 남정네, 주부들과 농수산물을 도시에 내다 팔고 돌아가는 할머니들이 대부분으로 달리는 열차에 흔들리며 추위에 떨고 있었다. 승객 중에는 주말 열차 여행을 즐기는 사람들도 더러 보였다.

열차 안에서 만난 그녀는 무척 병약해 보였다. 흰 머리카락이 헝클어져 있었고 짧은 외투는 퇴색되어 후줄근해 보였지만 어딘지 모르게 그의 눈에는 삶에 대한 강한 집념이 절실해 보였다. 손에는 치약, 칫솔과 비누가 든 케이스가 들려져 있었고 어깨에는 크지 않은 가방이 걸려 있었다. 그녀는 치약과 칫솔을 앉아 있는 승객에게 조심스레 내밀며 꺼져 가는 목소리로 "적선하십시오" 허리를 굽혀 절을 한다. 물건을 보고 맘에 들면 하나쯤 사달라는 듯 그녀의 시선 속에는 안타까움과 아픔이 배어 있는 눈빛이다. 승객들 대부분은 외면을 하거나 눈을 지그시 감고 조는 척하였으나 그녀의 표정에 원망이나 서운해 하는 모습은 보이지 않았다.

맞은편 저쪽에 혼자 앉아 있는 70대 초반으로 보이는 할머니가 불편한 손으로 주머니를 뒤지며 무엇을 찾는 듯하다. 천 원짜리 지폐 2장을 끄집어내려다가 잠시 망설이더니 도로 집어넣고는 또다시 아랫주머니를 뒤져 꼬깃꼬깃 구겨진 만 원짜리 1장을 그녀에게 건네는 것이 아닌가. 그녀는 너무나 의외의 큰돈에 어쩔 줄 몰라 하며 당황하는 기색이 역력하였다.

할머니는 치약과 칫솔은 필요 없다며 도로 가져가라는 듯 손을 흔들어 저어 대지만 할머니의 무릎 옆에 가지런히 올려놓고는 뒷걸음질 쳐 연신 절하며 물러서는 모습은 하루의 삶을 도와주셔서 고맙다는 듯 절실해 보였다.

할머니는 돌아가는 그녀의 모습을 바라보다 자세를 고쳐 앉으며 치약, 칫솔을 옆자리로 밀쳐놓고는 두 손을 모으고 지그시 눈을 감는다. 기도하는 모습이다. 열차는 호남 벌을 지나서 하동 섬진강을 맴돌아 진주를 향해 달리고 있었다.

하루하루를 힘겹게 살아갈 가난한 그녀에게 삶의 용기를 주고자한 할머니의 기도하는 모습이 가슴을 찡하게 한다. 차창에 기대어 어둠 속으로 흘러가는 강물을 바라보면서 무정했던 지난날 내 모습이 뇌리를 스치고 지나간다.

사랑이란 용기 있는 자의 아름다운 몸짓이리라. 전두환 정권 시절 직장에서 쫓겨나 거리를 방황하며 주변 사람들로부터, 친지로부터 우정 어린 빛을 지고 또 도움을 받으며 살아왔던 때를 떠올리며 생각에 잠긴다. 나는 선뜻 사랑의 선물을 누구에게나 베풀 수있는 용기를 가졌던가. 행동으로 보여 준 적이 있던가.

며칠 전만 하더라도 객선 뱃머리 대합실에서 한과를 손에 들고 찾아온 할머니를 애써 외면하면서 귀찮다는 듯 눈을 감아 시선을 돌려 버린 어설픈 몸짓, 사무실에 무거운 화장지 상자를 끌다시피 하며 찾아온 할머니에게 너무 자주 온다며 질책한 나의 서투른 행동이 부끄럽기 짝이 없다.

가난한 자의 가슴속에, 하루를 살아가는 힘이 부친 사람들에게 나는 언젠가 한 번이라도 가슴을 열고 도움을 준 적이 있었던가. 오히려 무모한 언어와 행동으로 상처를 주지 않았던가. 명색이 시를 쓴다, 수필을 쓴다고 거드름을 피우면서 세상을 더럽히고 오염시키지는 않았나 하는 질문을 자신에게 스스로에 던져 본다.

사랑과 희생, 봉사는 용기 있는 자의 헌신하는 모습일 게다. 열차 속의 그 할머니 기도하는 성스러운 몸짓처럼 사랑의 눈길이 있다면 희망은 우리의 가슴에 머물러 있을 것이다.

나는 행복한 파출부

이옥하_파출부

연일 강추위가 계속되는 가운데 어느덧 새해가 밝았습니다. 날이 추워지면 아픈 사람, 가난한 사람들은 더 힘들다지요. 저 역시 삶이 녹녹한 편은 아니지만 여러분들께 살아온 이야기를 들려 드리고 함께 꿈을 공유하며 희망을 드리고자 이렇게 행복편지를 부칩니다.

저는 파출부입니다. 사람들은 이 직업을 참 우습게 여기지요. 남자들 막노동과 마찬가지로 오죽하면 남의 집 일을 해주냐고 생각할지도 모르겠습니다. 하지만 저는 다릅니다. 저는 이렇게 일을 할 수 있다는 게 기쁘고 감사합니다. 이 일을 한 지도 벌써 12년이나 된 걸요.

그렇습니다. 어쩌면 파출부는 배운 것 없고 가진 것 없는 여자들이 가장 쉽게 할 수 있는 일인지도 모릅니다. 처음에는 정말 힘들었습니다. 일이 힘든 게 아니라 어린 딸들을 두고 밖에 나가 일을 해야만 했기 때문입니다. 엄마가 보고파 우는 아이들을 두고 남의 집에 일을 나가 그곳 아이들을 돌보기라도 해야 하는 날엔 더욱 집에 두고 온 아이들이 눈에 밟히더군요. 그 아이들이 자라서 지금은 고등학생, 대학생이 됐습니다. 학비 제때 밀리지 않고 다른 아이들처럼 씩씩하게 아이들을 키워 냈다는 게 정말 자랑스러운 요즘입니다.

오늘이 있기까지 겪은 고생은 정말 말로 표현하기 힘듭니다. 집이 없어 이 집 저 집 이사 다니며 보따리 싸는 일이 허다했고, 어느 시골 마을 빈집에 살 때는 뱀이 너무 많은 데에다 집 안까지 들어오기도 했습니다. 집이 없으니 이 눈치 저 눈치 보는 일도 참 힘들었지요. 좋은 옷과 맛있는 음식 제대로 한번 못 사주고, 학원 한번 보내 주지 못했지만 우리 아이들도 불평 한마디 않고 현실에 만족해하며, 나쁜 길로도 빠지지 않고 예쁘게 자라 주었습니다. 이 또한 가난 가운데 얻은 행복입니다.

아이들에게 바람이 있다면 남을 배려할 줄 알고 어려운 이웃을 먼저 생각하는 사람이 되었으면 하는 것입니다. 아침에 출근할 때마다 저는 아이들에게 일부러 일 다녀온다고 크게 인사합니다. 아이들 또한 엄마가 파출부 다니는 것을 부끄러워하지 않습니다. 우리는 모두 떳떳하고 당당하게 우리 앞에 주어진 현실을 돌파하고자 노력합니다. 파출부 일을 나가도 대충대충 하지 않습니다. 지금은 근방에 일 잘한다고 소문이 나서 단골로 부르는 집도 많습니다. 얼마 전에는 파출부로 모은 돈으로 작은 집도 장만했는걸요. 이사하는 날 아이들 손을 잡고 얼마나 기뻐했던지…….

파출부로 12년을 보내면서 중심을 잡고 자리를 지키는 일이 참 소중하다는 생각을 해보았습니다. 엄마는 엄마로서, 자식은 자식으로서 제 자리를 지키며 열심히 살 때, 가족 혹은 이웃들이 이렇게 결속될 때 그들이 속한 울타리는 어떤 풍파에도 흔들리지 않는다는 믿음 말입니다. 그러니 지금 당장 어렵고 힘들어도 좌절하지 말고 열심히 산다면 좋은 날 행복한 날이 곧 오리라는 점을 말해주고 싶어요. 겨울 매화가 아름다운 건 모진 추위를 견디기 때문 아닌가요?

고통의 끝자락엔 반드시 희망이 있다

김일석_교육평론가

초등학교 교사로 시작하여 꿈에 그리던 대학 교수, 그것도 서울에 위치한 국립대학의 교수가 되고, 취득이 어렵다는 일본의 학위도 받았다. 그때 나는 많은 동기들 중 분명 선두주자로 주위에서 부러움의 대상이었다. 이제부터는 평소에 하던 연구만 계속해도 남은 일생은 보장되어 있었다.

그러한 내가 가장 이상적인 신 개념의 학교를 만들어 보겠다는 꿈을 가지고 겁도 없이 무리하게 자금을 끌어들여 150평 대지에 5층 건물을 지었다. 사채까지 있는 상황에 마치 폭약을 지고 불로 뛰어든 자폭 행위였다.

"과욕 부리지 말고 3억만 건져서 은행에 예금하고 편하게 연구나 하며 사는 게 어떠냐?"는 선배 교수의 충고도 무시하고 당장 눈앞에 보이는 30억짜리 15년 전 건물을 포기하기가 너무 아까워 난 돈키호테식으로 밀고 나갔다. 동창은 물론 사업을 하는 선배들을 찾아가 도움을 호소했다. 그러나 헛수고였다.

사태가 심각하게 악화되었다는 사실을 나만 모른 채, 할 수 있다는 고집만으로 밀고 나간 것이 화근이었다. 은행에서는 채무를 이행하라는 독촉 전화가 매일 걸려 왔고 사채를 빌려 준 사람들의 위협으로 가족들의 공포는 상상을 초월했다.

사표를 낸 뒤 교육부로부터 '사표를 정말 냈는가. 다시 취소할 수는 없는가' 확인을 해왔을 때 가슴이 정말 미어지는 것 같았다. 잘나가는 교수가 갑자기 사표를 낸 것이 이상해서 확인을 한 거겠지만 부채를 갚기 위해 그것도 정든 대학을 떠나야만 하는 심정은 경험하지 못한 사람은 도저히 이해할 수 없을 것이다. 아무리 교수직에 대한 미련이 남아도 내 퇴직금 나오기만을 기다리고 있을 채무자들의 모습이 눈앞에 어른거려 이를 악물고 떨리는 목소리로 빨리 사표를 처리해 달라 요청했다. 진리를 깨닫는 데는 오랜 세월을 거쳐야 하지만 직위나 재산을 잃는 것은 실로 한순간이었다.

새로운 개념의 학교를 만들어 모든 학교 개혁의 모델로 삼으려는 순수한 마음으로 시작했지만 잘못된 방법으로 건물을 세우려 했기에 붕괴되고 말았다. 마치 우유를 팔아 계란을 사고 거기서 나

온 병아리를 팔아 새 옷을 사서 무도회에 가겠다는 몽상적 행복감
에 들떠 몸을 흔드는 순간 머리에 이고 있던 우유통을 땅에 떨어뜨
린 처녀의 이야기처럼 내 꿈은 신축 건물과 함께 그렇게 허무하게
사라진 것이다.

모파상의 〈목걸이〉의 주인공인 마틸드 루와첼 부인이 허욕으로
10년 세월을 잃어버렸듯 난 신축 건물을 욕심내다가 일생 동안 공
들여 쌓아 온 탑이 함께 무너졌다. 일생 쌓아 온 학문의 업적은 물
론 아내가 열심히 일해 벌어 준 재산도, 아들들의 삶까지 모두 잃
어버리게 한 것이다. 그 순간 난 이성을 잃고 자살을 시도하려 했
다. 그러나 나만 믿고 살아온 아내를 생각하니 도저히 그럴 엄두가
나지 않았다.

아내에게 너무도 무거운 짐을 안기고 차마 나 혼자만 떠날 수는
없었다. 나를 만나 신혼 초부터 고생만 하다가 겨우 안정을 찾는
순간에 고통의 늪에 빠뜨린 자신이 너무도 원망스러웠다. 자살을
할 바엔 교통사고라도 당하여 그 보상금으로 아내와 가족만이라도
살게 하고 싶었다.

대학을 퇴직한 후 정말 칠흑처럼 캄캄한 밤이 계속되었다. 그래
도 살아남기 위해 특유의 인내심과 자신감으로 체면이란 가면을 벗
고 제자들을 상대로 정수기를 팔았다. 부족한 스승을 믿고 도와주
며 위로하는 제자들이 많아 눈물나게 고마웠다. 그러나 그것도 잠

시일 뿐, 정수기 판매도 한계가 있어 더 이상 계속할 수가 없었다.

무엇이든 해야 살아남을 수 있을 텐데 대학을 그만둔 마당엔 그렇게 많던 원고 청탁도 끊기고 할 수 있는 일은 아무것도 없고 미칠 것 같았다. 그러다 당시 베스트셀러였던 《아버지》란 소설을 읽고 눈물 콧물 흘리며 이보다 더 감동적인 소설을 쓰기로 작정했다.

다 쓰러져 가는 좁고 어두운 단칸방에 작은 상을 펴놓고 그간의 체험을 바탕으로 소설을 쓴다고 매달렸다. 이 모습을 본 아내가 너무나도 기가 막혔는지 건물 경비라도 나가라고 할 땐 야속하기도 했다. 물론 아내가 가족을 위해 식당에 나가 생전 해본 적 없는 설거지를 하며 얼마 되지 않는 돈을 받아 하루하루 살아가고 있었으니 너무도 당연하다고 생각하면서도 차마 경비 자리 알아볼 용기가 나지 않았다.

전세에서 월세로 내려앉고도 그 월세조차 제대로 내지 못해 궁지에 몰렸다. 시집오기 전에 고생이라곤 해본 적 없는 아내는 고된 파출부 일이 힘들어 다리가 퉁퉁 붓고 밤에는 끙끙 앓았다.

너무도 갑작스런 아버지의 몰락으로 둘째 아들은 군에 입대하고 큰아들은 아르바이트하며 공대를 나와 사법 시험에 도전장을 냈다.

큰아들은 장하게도 1차 시험에 합격하였고, 남은 기간만이라도 전력을 다해야 한다는 아내의 제안으로 모든 아르바이트를 그만두고 2차 시험을 목표로 신림동 고시촌으로 들어갔다. 나와 아내는 이런 큰아들을 뒷바라지하기 위해 오직 맨발로 뛰고 또 뛰었다. 우리 부부는 고통과 고난에 대한 내성을 점차 키워 나갔다.

아는 학원 원장의 배려로 학원 강의를 하며 죽을힘을 다해 노력했지만 처음에는 별 소득이 없었다. 아무리 잘나가는 교수라 해도 살아남기 어려운 게 학원가다. 그러나 그런 학원가에서 예전 이역만리 타국에서 학위 논문을 준비할 때 이상으로 온힘을 다해 노력한 결과 조금씩 생활이 안정되어 갔다.

드디어 큰아들이 사법 시험에 합격하고 연수를 마치자마자 로펌에 들어가는 집안의 큰 경사를 맞이했다. 아내는 나이도 많고 건강도 더 이상 버틸 수가 없어 식당 일을 그만두게 되었다. 또한 둘째와 막내는 어려운 경제 상황에서도 열심히 공부하여 직장 생활을 하였다.

우선 친지들에게 진 빚을 조금씩 갚아 가면서 그토록 짓눌렀던 고통의 그림자가 서서히 물러나고 있을 무렵이었다. 호사다마란 이런 때를 두고 하는 말인가?

과로 때문이었는지 기운도 없고 빈혈도 있어 병원에서 진찰을 받고 내시경 검사를 받았다. 그런데 그 결과는 너무도 충격적이었다. 위암이었던 것이다. 평소에 소식하며 규칙적으로 식사하는 습관을 가진 내가 위암이라니……. 그것은 내 영혼을 극도의 절망감과 공포로 떨게 했다.

암이란 사형 선고처럼 느껴졌기에 위암은 그토록 험한 길을 걸어온 내게 그 어떤 언어로도 표현할 수 없을 정도의 엄청난 충격이었다. 더구나 복막이나 직장 등에도 전이된 것 같다며 의사 선생님들은 수술할 엄두조차 내지 못했다.

이렇게 내 인생이 끝나다니! 리빙스턴은 "사명이 있는 자는 결코 죽지 않는다"고 했는데 "나의 사명은 이제 끝난 것인가"라는 생각이 들자 눈물이 앞을 가리고 말이 나오지 않았다.

이제는 끝장이라는 절망감에 나와 아내는 신에게 매달렸다. 그렇게 간절히 신을 부르짖으며 기도하다가 어느 날 새벽 그동안 어렵게 지내 왔던 순간들이 파노라마처럼 떠오르며 깨달음을 얻게 되었다. 항상 마지막일 것 같은 절망의 순간에도 나는 살아남았다는 것 말이다. 그리고 지금 이것도 끝이 아닐 것이라는 확신을 갖게 되었다.

바로 그날 암 세포가 복막에 전이되었을 수도 있지만 일단 수술을 해보자는 결정이 내려졌다. 그 소식을 들었을 때 나는 살길이 열렸다는 생각에 뛸 듯이 기뻐서 그토록 부르짖고 매달렸던 신에게 감사의 기도를 드렸다.

그뒤 성공적으로 수술을 마치고 지금은 서서히 잃었던 건강을 되찾으며 내 남은 일생 동안 이루어야 할 마지막 사명을 다할 수 있는 방법을 모색하고 있다.

건물을 세워 지상地上에 학교를 세우려고 하는 꿈은 사라졌지만 그 대신에 누구나 보고 쉽게 찾아 감동할 수 있는 가장 새로운 개념의 지상紙上 학교를 세우려는 꿈을 갖고 열심히 연구하고 있다.

특히 아이들을 바꿔 세상을 바꾸자는 꿈을 실현하기 위해 어린이들을 미래의 인재로 키우는 연구에 열중하고 있다. 고통의 마지막 끝자락에 찾은 행복이다.

다만 아직도 친척들 빚이 남아 있어 마음이 늘 미안하고, 아들들이 어려운 경제 사정 때문에 결혼도 못하고 있어 정말 아버지로서 미안한 마음 금할 길 없다.

《톰 아저씨의 오두막집》을 쓴 스토 부인은 "고통이 너무 심해서 더 이상 1분 1초도 견딜 수 없다. 이제 쓰러져야겠다고 생각하는 그 순간이 고통이 끝나는 때다"라고 했다.

거리에 노숙자로 내려앉아야 할 그 순간도, 죽음을 문 앞에 두고도 늘 곁에 있어 주고, 나를 믿고 끝까지 격려하며 사랑해 준 아내와 아들들과 모든 이들이 있어 감사하다.

영원한 스승
임영별 님 영전에 올립니다

권태성_전직 교사

•• 2007년 11월 28일, 스승님의 부음을 받자마자 부리나케 달려갔습니다. 영정 앞에 엎드리니 한없는 울음이 솟구쳤습니다. 제 나이 일흔이 넘었지만 어린아이처럼 엉엉 울었습니다. 좀더 자주 찾아뵙지 못했던 아쉬움과 2, 3년 전에만 찾아뵈었어도 이토록 안타깝지는 않았으리라는 회한에 통곡했습니다. 지나간 모든 일들에서 저는 죄인이 되었습니다. 스승님께서 저에게 베풀어 주신 일들이 주마등처럼 지나갑니다.

스승님은 제가 고등학교 2학년 때 소사농고에 교감 선생님으로 부임하셨습니다. 선생님께서는 일주일에 1시간 한문을 가르치셨지요. 한자 하나하나마다 중국 고사를 인용해 가르쳐 주셔서 저는 선생님께 홀딱 반했습니다. 한문 공부는 물론이고 공부 자체가 즐거워졌지요. 스승님 덕분에 저도 선생이 되고 싶었고 매주 선생님이 가르치시는 한문 시간을 학수고대하게 된 건 물론입니다. 어쩌다가 공휴일이 끼어서 선생님 시간이 빠지게 되기라도 하면 몹시 서운했습니다. 그 무렵 스승님께서 저를 눈여겨보신 것 같습니다. 틈나는 대로 교무실에 불러 격려해 주시고, 장학금도 주선해 주셨지요. 한가장학금이 나왔을 때 1등 학생이 받을 것을 그 학생과 부모를 설득해서 2등인 제가 받게 해주셔서 제 어려움을 덜어 주시기도 하셨습니다. 저에게는 그 돈이 참으로 큰 도움이 되었습니다. 또한 신문 배달을 할 때 보증인이 필요하다고 말씀드렸더니 스승님께서는 서슴지 않고 보증인이 되어 주셨습니다.

그때에는 그 모든 것을 당연하게만 생각했습니다. 하지만 당연한 것이 아니었습니다. 그때 저는 200부가량을 배달했고, 수금도 같이할 때니 지금의 돈으로 240만 원 정도를 제 마음대로 유용할 수도 있었습니다. 스승님께서 말씀하시지는 않으셨지만 얼마나 초조하시고 불안하셨겠습니까? 솔직히 말씀드려서 지금 저에게 그런 경우가 생긴다면 절대로 할 수 없는 모험일 것 같습니다. 선생님만이 하실 수 있는 일이자 선생님이 제게 베풀어 주신 큰 사랑이었습니다. 그때의 선생님의 격려가 저에게는 평생의 힘이 되었습니다.

　　당시에는 중학교와 고등학교가 같은 울타리에 있었고 중학교는 남녀 공학이었습니다. 신문을 안고 가다가 중학교 여학생을 만나면 제 자존심은 칼로 도려내는 듯 괴로웠습니다. 하지만 학교에 가면 스승님께서 위로해 주시고 격려해 주심을 알았기에 참고 이겨냈습니다. 그렇게 고등학교를 마치고 대학을 가지 못하여 방황(차라리 방탕한 생활이 맞을 겁니다)하고 있을 때 스승님께서 저를 부르셨습니다. 그러지 말고 내년에 대학을 가도록 해라, 입학금은 책임져 줄 것이니 그다음부터는 네가 벌어서 하라 하셨지요. 그래서 다음 해 대학에 갔고 스승님께서 마련해 주신 입학금을 기반으로 해서 대학을 졸업하였습니다.

스승님께서는
"성실을 바탕으로 하지 않은 능력은 진정한 능력이 아니야" 하시며
야단치고 저를 돌려보냈습니다.
그렇게 저는 끊임없이 스승님으로부터
진정한 사랑을 배우고 성실을 배웠습니다.
교사로서의 자질도 스승님께서 일깨워 주신 것이지요.

그때 대학 입학금이 얼마였을까요? 지금 가치로 3백만 원 정도라고 하면 중견 교사의 한 달치 봉급입니다. 하지만 그때는 교사들의 봉급도 아주 적어서 중견 교사의 서너 달 봉급이었다고 기억합니다. 그렇게 큰 은혜를 입고도 그뒤 스승님을 찾아뵙지도 못하고 제 사는 일에 바빠 오래도록 스승님을 잊고 지내는 죄를 지으며 살았습니다.

대학을 졸업한 저는 서울에서 학원 강사를 하였습니다. 하지만 대학을 갓 졸업하고 별 경력도 없이 강사를 하려니 제대로 대우를 받을 리 없었습니다. 이때 스승님께서 강화중·고등학교의 교장 선생님으로 계시면서 저를 부르셨고, 이렇게 해서 교사로 출발하게

해주셨습니다. 이 당시 어느 선생님이 학생 저축을 유용한 관계로 지방으로 좌천 조치되었습니다. 저는 잘난 체하고 교장실에 찾아가서 변상 조치하면 될 것을 그같이 유능한 교사에게 너무 심한 조치가 아닙니까, 했지요 그랬더니 스승님께서는 "성실을 바탕으로 하지 않은 능력은 진정한 능력이 아니야" 하시며 야단치고 저를 돌려보냈습니다. 그렇게 저는 끊임없이 스승님으로부터 진정한 사랑을 배우고 성실을 배웠습니다. 교사로서의 자질도 스승님께서 일깨워 주신 것이지요. 그러함에도 저는 스승님께서 가르치신 그 모든 것들을 만분의 1도 실천하지 못하고 퇴임한 듯합니다. 늘 소신껏 학생들 앞에 서고자 했지만 스승님의 높으신 가르침을 다 좇지 못한 아쉬움과 죄스러움은 고스란히 남아 있습니다.

이제 스승님께서는 제 곁을 훌훌 떠나셨습니다. 스승님 생전에 좀 더 자주 찾아뵙지 못한 죄송함과 더 가르침을 받지 못한 깊은 안타까움은 가실 줄을 모릅니다. 부디 저세상에서 편히 쉬시길 빕니다.

나의 기부의 시작

남회정_신문활용교육 지도사

⋯ 작년 이맘때쯤 저는 하루도 거르지 않고 피눈물을 흘려야 했습니다. 남의 일로만 여겨졌던 보이스피싱전화 사기단 사기를 당했기 때문입니다. 전세금 인상에 대비해 모아 두었던 수천만 원의 돈을 이름도 모르는 사람에게 송금하고, 심지어는 남편의 마지막 월급까지 허탈하게 날려 버렸습니다. 심장이 뛰고 팔다리가 부들부들 떨렸습니다.

그런데 그 사건이 저에게 더 큰 선물을 주었습니다.

경찰에 신고하고 혼이 나간 채 돌아오니 아들이 묻더군요.

"엄마, 어떻게 되었어요?"

저는 중3이던 아들을 붙잡고 다시 눈물을 흘렸습니다.

"사기가 분명하다더구나. 이렇게 돈을 빼앗기다니 아무래도 내가 전생에 그 사람에게 빚을 진 모양이야. 그런데 이걸 어쩌면 좋아. 아빠가 그렇게 고생하며 번 피 같은 돈인데, 네 아빠한테 큰 빚을 지고 말았구나."

그러자 아들이 이렇게 위로의 말을 하더군요.

"아니에요. 아빠가 진 빚을 엄마가 대신 갚았을 뿐이라고 생각하세요."

"그래도, 그게 어떻게 모은 돈인데."

당시 남편은 건설 회사 직원으로 경남 거제도에서 근무 중이었습니다.

"괜찮아요, 엄마. 우리 그 돈 없어도 살 수 있잖아요? 그 돈 때문에 엄마가 마음 상하고 건강 잃는 게 저는 더 싫어요."

어린 아들의 위로에 비로소 어느 정도 마음이 안정되었습니다.

부부 사이에 금이 갈 수 있는 최대의 위기였지만 남편 역시 따뜻하게 용기를 주었습니다. 남편은 이번 일은 인생의 한 과정에 불과하니 차라리 그 돈을 가난한 사람에게 기부한 셈 치자며, 당신이 있는 것만으로도 나는 행복하다고 메시지를 전해 왔습니다. 실수 또한 인생의 과정이라는 그 한마디에 가슴이 울컥해져 그날 저녁 저는 또 울고 말았습니다.

그뒤 저는 "감사합니다"라는 말을 버릇처럼 되새기게 되었습니

다. 이렇게 살아 있어서 감사합니다. 음식을 먹을 수 있어 감사합니다. 맑은 공기를 마실 수 있어 감사합니다. 아름다운 경치를 볼 수 있어서 감사합니다. 자전거를 탈 때도, 설거지를 할 때도 감사했습니다. "감사합니다"를 연발하니 사기를 쳤던 그 익명의 사람도 용서할 수 있게 되더군요.

1년이 지난 지금, 사기를 당해 두렵고 가슴 떨리던 그 순간을 생각해 봅니다. 살다 보면 그보다 더욱 어려운 일이 얼마든지 닥칠 수 있겠지요. 이제 어떤 어려움이 닥쳐도 헤쳐 나갈 수 있는 든든한 심장 하나를 더 얻었습니다. 내 곁을 떠났던, 우리 가족 곁을 떠났던 그 돈이 어려운 사람들을 위해 쓰이다가 다시 돌아오리라는 믿음 또한 새롭게 얻게 된 깨달음입니다.

그 일 이후 저는 세상에 덕을 쌓는 일이 참으로 중요함을 인식하고 좋은 흔적을 남기기 위해 노력하고 있습니다. 저와 신문활용교육을 함께하는 아이들이 '월드비전'을 통하여 결연을 맺고 작은 기부를 시작한 것도 같은 맥락의 의미 있는 발걸음입니다. 요즘 나라가 힘들다고 하지요. 이런 때일수록 아끼고 사랑해야 합니다. 사랑이 있다면 뭐든지 견뎌 낼 수 있습니다.

그리고 할 수 있습니다.

새봄을 기다리며

김영준_원조 닭한마리 보정점 대표

···고교 동창 여섯 가족과 산악회를 만들어 우의를 다져온 지 16년째다. 연말에는 서울을 벗어나 지방에서 모임을 갖곤 하는데 올해도 2박 3일 일정으로 속초에서 모였다. 매년 12명이 한자리에 모이는데 올해 처음으로 아내가 식당 일로 불참했다. 나 역시 하룻밤만 보내고 급히 서울로 돌아와야 했다. 뒤늦게 개업한 식당 일 때문이다.

아내와 나는 지난해 11월 '닭한마리 보정점'을 용인시에 개업했다. 개업 전 아내는 먹는장사에 자신이 없다며 한사코 나를 말렸다. 그간 3남매를 별 탈 없이 길러 냈는데 인생을 쉴 나이에 장사를 시작해 사서 고생할 이유가 없다는 게 아내의 생각이었다. 나이

가 60을 넘었으니 이제 세상일에서 벗어나 여유롭게 살아 보자는
게 아내의 뜻이었는지도 모르겠다.

나는 은행 임원으로 은퇴했다. 은행 객장에서 평생을 부대끼며
살았기에 지긋지긋할 만도 한데 은행을 떠난 지 3년이 지나자 다
시 객장이 그리워졌다. 아니 어쩌면 일이 그리웠는지도 모른다. 무
엇을 할까 고민하다가 자금 사정을 고려해 식당 창업에 나섰다. 미
리 준비해 둔 조그마한 점포가 있었기에 불황을 각오하고 식당 문
을 열었다. 그러나 개업을 하자 이내 아내의 말이 옳았음이 증명되
었다. 손님은 예상치를 밑돌았고 현상 유지하기도 힘들었다. 내 가
게도 이 정도인데 월세를 내고 장사하는 분들은 얼마나 힘들까 생
각하니 저절로 한숨이 나왔다.

그래도 기왕 시작한 일이므로 모든 메뉴의 가격을 2천 원씩 내리
는 특단의 조치를 취했다. 그래도 매상은 별반 비슷했다. 2007년
10월만 해도 3%대로 예상되던 성장률이 2008년 12월엔 1%대,
2009년에는 아예 마이너스로 돌아설 것이라는 비관적인 전망 속에
서, ‘너 같은 초보자들의 70%가 식당 창업에 나서지만 대부분 6개
월도 버티지 못하고 말아먹는다. 은행 생활 때 실적을 믿는다거나
파리 대가리소자본로 잉어고수익를 낚겠다는 부엉이 계산으로 문을
열면 종착역은 신용 불량자란다’ 등 핀잔의 목소리가 여기저기서
나를 위축되게 만들었다.

　그러나 나는 절망하지 않고 새해를 당당히 맞고 있다. 오르막이 있으면 내리막이 있듯 경제도 언젠가 안정될 것이고 생활도 나아질 것이라는 믿음 때문이다. 유가와 국제 금리가 내려가고 환율도 안정될 것이다. 유럽이나 일본 등 선진국들이 성장을 위해 GDP의 10% 가까이를 쓰겠다고 하니 이 역시 반가운 소식이다. 이런 때일수록 여당과 야당이 싸움만 일삼지 말고 머리를 맞대고 지혜를 모았으면 한다. 정치권과 국민 모두가 힘을 합쳐 황소처럼 밀어붙이면 불황도 견디지 못할 것이다.

　겨울이 지나면 어김없이 봄이 오는 게 자연의 이치다. 매서운 동장군이 물러가면 이제 슬슬 얼음이 녹고 들판의 나무들은 새 움을 밀어 올릴 것이다. 우수와 경칩이 지나고 3월이 되면 꽃이 필 것이다. 문제는 절망하지 말아야 한다는 점이다. 우리는 저력을 가진 민족이다. 아내의 반대를 무릅쓰고 식당을 차렸지만 나는 후회하지 않는다. 나는 은행 신입 사원 시절로 돌아가 맛있는 식당, 손님이 바글거리는 식당을 만들기 위해 혼신의 노력을 다할 것이다.

　그러니 아내여, 너무 상심하지 말고 새봄을 기다립시다.

희망편지

초판 1쇄 인쇄일 · 2009년 2월 5일
초판 3쇄 발행일 · 2009년 2월 20일
지은이 · 신동근 외
펴낸이 · 임성규
펴낸곳 · 문이당

등록 · 1988. 11. 5. 제 1-832호
주소 · 서울시 성북구 동소문동 4가 83 청구빌딩 3층
전화 · 928-8741~3(영) 927-4990~2(편)
팩스 · 925-5406
ⓒ 신동근 외, 2009

홈페이지 http://www.munidang.com
전자우편 webmaster@munidang.com

ISBN 978-89-7456-419-3 03810